Ni chicha, ni limonada
(cuentos)
David Unger

David Unger

NI CHICHA, NI LIMONADA
(CUENTOS)

TRADUCCIÓN DEL INGLÉS DE
HÉCTOR ORTIZ, VÍCTOR ORTIZ, MEMPO GIARDINELLI,
WALTER KROCHMAL, ANDREA MONTEJO, ALEXIS ROMAY,
PLAYBOY MÉXICO, Y RAMÓN GONZÁLEZ FÉRRIZ

F&G
editores

Ni chicha, ni limonada
(cuentos)
David Unger

© David Unger.
© Esta edición F&G Editores
Ilustración de portada: Mia Unger
Foto del autor: Anne Gilman.

Impreso en Guatemala

F&G Editores
31 avenida "C" 5-54 zona 7,
Colonia Centro América
Guatemala
Telefax: (502) 2439 8358
informacion@fygeditores.com
www.fygeditores.com

ISBN: 978-99939-84-02-3

Guatemala, noviembre de 2009

A Luis, Fortuna, Leslie y Felipe

A mis tíos, únicos e inolvidables

Aguardemos así, obedientes y sin más
Remedio, la vuelta, el desagravio
De los mayores siempre delanteros
Dejándonos en casa a los pequeños,
Como si también nosotros no pudiésemos partir

César Vallejo, *Trilce III*

AGRADECIMIENTOS

Algunos de los cuentos incluidos en este libro fueron publicados previamente. Agradecemos la autorización para su publicación:

"El inmigrante", en *Puro Cuento*, Vol. 1, #2, febrero de 1987; "La noche en el Shanghái", en *Periplo*, #7, diciembre de 1999 y en Revista *Vigía*, 2005; "La víspera de Passover", en www.caratula. net, agosto de 2006; "El padrino", en *Playboy México*, #36, octubre de 2005; "Gabo y yo", en *Letras Libres*, mayo de 2008; y "El espacio que habitas", en *Luvina*, #55, otoño de 2008.

La Casita

Mi familia vive en La Casita. Que de chiquita no tiene nada. Lo que pasa es que también es restaurante, con ocho mesas de madera y un montón de sillas tapizadas. Hay un jarrón con flores nuevas en una lujosa mesa de madera bajo un candil, justo en el centro del restaurante. El cuarto entero parece brillar, especialmente de noche, cuando todas las luces están encendidas. Y como el piso está pulido como cristal, mis padres insisten en que caminemos con mucho cuidado por el comedor.

La Casita tiene tres ventanas hacia la calle. Me gusta sentarme en los bancos y ver a la gente que pasa del otro lado de las rejas de hierro. Algunas veces la gente me sonríe o me habla. Una vez, una señora indígena vestida de huipil me dio dos canillas de leche, que compartí con mi hermano Felipe.

Todos dicen que La Casita es el mejor restaurante en la ciudad de Guatemala.

*

Mi cuarto favorito en La Casita es la cocina. Tiene dos refrigeradoras –una fría, la otra muy, muy fría– y muchas ollas cromadas, brillantes, en la estufa de gas.

A lo largo de una de las paredes de la cocina hay un tanque de cristal grande lleno de langostas –criaturas moteadas con largas antenas y muchas verrugas en sus patas peludas–. Todas tienen nombres chistosos como El Cid, Don Quijote, Aníbal, Rey Arturo. Una a una todas las langostas, excepto Gengis Kan, han desaparecido y han sido reemplazadas por otras. Es enorme –papá dice que nunca se deshará de él–.

Cuando Felipe se va a la prepa y mi niñera Consuelo está ocupada, me gusta meterme en la cocina y ver a Augusto, el cocinero. Se pone un delantal blanco grande y trabaja tan rápido en la tabla de picar que sus manos zumban, especialmente cuando rebana zanahorias y tomates.

*

Un día, me dejan solo con Augusto. Mamá me advierte que no me acerque a la estufa porque una vez Felipe trató de prenderla con un fósforo y le explotó en la cara y le quemó las cejas y las pestañas.

Augusto me da un banco. Sabe que me gusta quedarme mirando el tanque de las langostas.

Un poco más tarde entra Otto, el mesero. Se mete en un pequeño clóset cerca de la puerta trasera y se pone una camisa blanca, pantalones negros y una corbata negra delgada. Otto es flaco como un palo.

Augusto está lavando platos en el fregadero.

–Davico, ¿te gusta la magia? –me pregunta, secándose las manos en el delantal.

–Creo que sí. ¿Qué es magia?

–Trucos, vos sabés, trucos, como cuando un conejo sale de un sombrero –dice, mostrándome los dos dientes de oro en su boca–. ¿Querés ver uno?

–Claro.

Camina hacia el tanque de las langostas y le guiña el ojo a Otto.

Otto comienza a silbar el himno nacional de Guatemala. Enseguida comienzo a cantar orgullosamente junto con él palabras que ni siquiera entiendo:

> ¡Guatemala feliz...! que tus aras
> no profane jamás el verdugo;
> ni haya esclavos que laman el yugo
> ni tiranos que escupan tu faz.

–¡Mirá esto! –interrumpe de repente Augusto.

Camina hacia mí. Se me acerca tanto que su perfume me da comezón en la nariz. De repente bate sus manos detrás de mi espalda. ¡Tiene una sorpresa para mí!

Augusto es más bajito que mi padre, pero lleva plataformas en sus zapatos. Sus brazos son gruesos como los de un pescador. Ahorita se ve muy, muy alto. Me fijo en los granos rojos de su cara. Algunos se están volviendo blancos. Se pone grasa en el pelo, que hace que le brille y lo mantiene en su sitio.

De repente siento que algo me está pellizcando el trasero del pantalón. Antes de que pueda voltear, Augusto grita: –¡Tarán!

Hace girar una langosta gigante frente a mi cara.

–Davico, dile hola a Gengis Kan, –dice orgullosamente.

–No quiero. –Tengo miedo de que las antenas me den en los ojos.

Augusto le hace un gesto a Otto y sonríe mientras yo escapo corriendo. –¿Viste la cara que puso?

Otto lleva un bigote tan delgado que parece que lo dibujaron con un lápiz. Sus labios apenas se mueven cuando deja escapar una risa chillona de entre los dientes.

Gengis Kan me asustó y me hago un poco de pipí. Lo siento tibio bajando por mis pantalones mientras salgo galopando fuera de la cocina hacia mi cuarto, arriba, para cambiarme.

*

Decido no volver a entrar nunca más en la cocina mientras Augusto esté solo ahí.

Pero cuando él no está, me paso horas mirando las langostas en el fondo del tanque, con sus antenas y sus patas moviéndose y sondeando. Son tan feas como las iguanas gigantes, salvo que viven en el agua.

Gengis Kan es definitivamente el rey. Escala por los lomos de las otras langostas y saca las antenas del agua como si fuera a respirar. Hace esto tres o cuatro veces al día.

Si hubiera suficientes langostas en el tanque podría escalar y salirse.

Espero que nunca suceda eso.

*

Una semana después de la jugarreta de Augusto, escucho muchos aviones volando bajo. Papeles amarillos y azules caen del cielo, girando y dando vueltas en el aire como aviones de papel. Aterrizan en la azotea y en el patio del restaurante. Le llevo una de las hojas a mi padre. Lee las palabras en español muy lentamente y enojado rasga el papel.

–¿Qué es eso, papá?

–Problemas –dice–. Problemas –y mueve la cabeza.

Sé que las palabras en el papel lo hicieron enojar. Soy un niño grande, pero no sé leer. –¿Qué tipo de problemas?

–Política. ¿Por qué no nos dejan en paz?

*

Ahora el restaurante está vacío casi siempre. Mi padre lo cierra tan pronto como anochece y las sirenas comienzan a gritar. Minutos después, se apagan todas las luces y mi madre saca las candelas.

–¿Qué vamos a hacer? –pregunta mamá una noche.

Papá, que se ha vuelto muy bueno para encogerse de hombros, se encoge de hombros.

–Tenemos que hacer algo.

–Bueno, al menos la gente todavía puede venir a almorzar–, dice papá, levantando los brazos.

–Sólo los reporteros de Estados Unidos. Nunca ordenan más que un sandwich para el almuerzo –dice mi madre, entornando los ojos–. Si estos apagones continúan, vamos a tener que tirar la carne y el pollo del congelador.

–Lo sé –dice mi padre, bruscamente.

–Luis, por favor...

–Sí, sí, lo siento. Tenemos que hacer algo –repite más suavemente y luego abraza a mi mamá. Ella le pasa la mano por el pelo. Esto me hace feliz.

*

La ciudad de Guatemala es tan peligrosa que papá sale a las seis de la mañana para comprar comida para el restaurante en el mercado central al lado de la Catedral. Camina muy rápido, pegado a las paredes de los edificios, en caso de que las balas comiencen a volar. Una vez que estaba yo sentado en un banco, regresó y me enseñó una bala achatada que había encontrado clavada en una pared.

Una noche mientras mi hermano y yo estamos jugando palillos chinos en nuestro cuarto, escuchamos "¡pum!, ¡pum!".

–Agarra tu almohada y tu frazada, Davico. Tú también, Felipe. ¡Rápido! –dice mamá.

–¿Por qué? –gime Felipe con impaciencia. Está ganando el juego.

–Vamos a dormir abajo en el restaurante.

Felipe agarra su perro marrón y baja con resistencia. No está contento. Yo me llevo el cerdito de peluche que duerme todas las noches sobre mi almohada.

Nuestros padres están alterados por las balas y nos hacen camas bajo la gran mesa en el centro del restaurante. Honestamente, estoy feliz de tener a toda la familia durmiendo junta, envuelta en frazadas. Sólo tengo que estirar los brazos para tocar un cuerpo tibio. Las balas y los apagones hacen más divertida mi vida.

*

Creo que podría acostumbrarme a dormir así.

Prefiero dormir bajo la mesa a dormir en la cama con mi cerdito.

Cuando el tiroteo termina, mi madre hace que regresemos a nuestro cuarto. Tenemos que dormir con las luces apagadas. Me da tanto miedo la oscuridad que mi madre me compra una lámpara de baterías para que pueda dormir con la luz prendida. La lámpara tiene una pantalla que gira –cuando da la vuelta, el sol, las nubes y las olas pintadas se deslizan a través de la luz. Me encanta ver las olas estrellarse en la playa y elevar chisguetes de agua imaginarios. Felipe odia la lámpara porque lo mantiene despierto. Dice que soy un bebé.

A mí me gusta la lámpara aunque algunas veces Consuelo deja una camisa colgada de la perilla del clóset y comienzo a ver sombras. No puedo controlar mi mente. Si sopla el viento mi camisa se infla como un monstruo enorme. Luego imagino que el polvo bajo mi cama se ha convertido en un lobo y que los rayones en la pared son arañas o culebras. Si oigo silbidos en la calle estoy seguro de que es un murciélago tratando de meterse a nuestro cuarto.

Ahora sólo puedo dormir con la luz prendida.

*

Las cosas están empeorando.

Consuelo no me lleva a darle bananos a La Mocosita en el Parque Aurora.

El director decide cerrar la prepa de Felipe.

Consuelo deja de llevarnos después del almuerzo a andar en bicicleta alrededor de la fuente del Parque Central. Extraño los árboles, los mirlos, el agua, los ishtos lustradores. Hasta las sucias palomas.

Una noche, estamos todos dormidos bajo las mesas del comedor. Mis padres susurran.

—Guatemala es muy peligroso —dice papá—. Qué tal si una bala...

—¡No lo digas! —dice mamá severamente—. Los niños están aquí.

Cierro los ojos para fingir que estoy durmiendo, pero está tan oscuro que no se puede ver nada.

—La gente tiene miedo de salir. El gobierno va a ser derrocado.

Imagino que mis padres se están abrazando de la manera en que me gusta.

—Tenemos que ser cuidadosos con lo que decimos —susurra mamá—. Hasta las paredes tienen oídos.

Una pared llena de orejas. Qué extraño y espantoso pensamiento. Cierro los ojos, aprieto mi cerdito, y decido que éste es un buen momento para dormir.

*

El día siguiente en el desayuno, mamá nos dice que ella y papá han decidido ir a un lugar llamado los Estados Unidos.

—¿Qué es eso?

—¡Dónde es eso! —me corrige Felipe, bruscamente. Ahora siempre está enojado conmigo.

Mi madre me toca el pelo. –Lejos. Hablan inglés allá.

–¿Qué es inglés?

–Es una lengua extraña –dice Felipe–. Estoy estudiándola en el colegio. Se dice "table" en vez de "mesa".

Mi madre lo reprende. –No es extraña. Yo la hablo. También papá. ¡Ustedes la aprenderán bien rápido!

–Bueno, ¿y qué le pasa a la prepa? ¿La prepa viene con nosotros? –digo, dándole una mordida a mi pan francés con queso de capas.

–No –dice mi madre–. La prepa es un colegio. Ahí se queda. Su padre y yo iremos primero a buscar una nueva casa.

–¿Pero qué pasará con nosotros? –Temo que tendremos que dormir solos en las bancas del parque como los ishtos lustradores.

–Se quedarán con el tío Aarón, dice mi madre.

Todo el tiempo mi padre está tomando café, leyendo el periódico y negando con la cabeza.

*

Tío Aarón es muy alto y calvo, usa lentes de ala de murciélago y se viste en un traje de tres piezas. Su esposa Lonia es muy bonita, pero siempre nos está gritando: –¡No pises aquí, no toques allá!

¿Quién quiere quedarse con ellos?

–¿Por qué no podemos ir con ustedes?

–Tenemos que buscar trabajos.

–Yo puedo buscar trabajo, digo.

Felipe y mamá se están riendo de mí. ¿Dije algo gracioso?

–¿Consuelo puede ir con nosotros?

De nuevo se ríen con esa risa que me dice que no entiendo.

–No hay cuarto para ella en la casa de tío Aarón. Quizá después nos alcanzará en los Estados Unidos.

Nunca he estado ahí, pero estoy comenzando a odiar los Estados Unidos.

*

Llega el día en que nuestros padres nos llevan a casa de tío Aarón. Nos dan muchos besos.

Yo estoy llorando. Felipe también.

Tío Aarón vive muy lejos de La Casita. Tiene una enorme casa de madera, con un patio grande, y dos perros bóxers que siempre están ladrando.

Nunca podemos salir porque los perros nos pueden morder. Tienen espuma blanca saliéndose de los hocicos.

Mi tía no nos deja andar en bicicleta en la casa.

–Van a romper una de las lámparas.

–Prometemos que no lo haremos.

–No. No. Y dejarán las huellas de las llantas en el piso de madera.

Tiene respuestas para todo.

La bicicleta roja de dos llantas de Felipe y mi triciclo tienen que quedarse afuera bajo una cubierta de plástico cerca de los botes de basura detrás de la cocina. Ni siquiera podemos verlas porque la puerta trasera siempre tiene el seguro puesto.

Todo es tan diferente. Extraño las ollas brillantes y el tanque de las langostas.

Desde detrás de la ventana de la cocina veo unos días después que nuestras bicicletas se han convertido en nidos de arañas. Un día veo una rata enorme cerca de mi triciclo.

–¡Tía Lonia! Acabo de ver una rata mordiendo mi triciclo.

–Tonterías. Tu bici está hecha de acero.

–Las llantas.

–Las llantas están hechas de hule, dice riéndose de mí.

Quiero llorar. Llorar tan fuerte como pueda.

Felipe dice que no le importamos a tía Lonia.

–Estoy seguro de que la rata se divierte más que nosotros, dice tristemente.

*

Nos quedamos en casa de tío Aarón un mes. A mí me parece como si hubieran pasado dos años –la mitad de mi vida–. Me sorprende que el tiempo pueda moverse tan lentamente, casi ir en reversa, como cuando corro hacia atrás y borro mis pasos.

Tina, la sirvienta, nos vigila, con el ceño fruncido. Extraño a Consuelo. Otto, Hasta el malo y viejo amigo Augusto.

*

Es la temporada de lluvias en Guatemala. Todas las mañanas jugamos damas, palillos chinos y cartas. Nunca salimos.

Todas las tardes, tan pronto como nuestros tíos se van a trabajar luego de almorzar, Felipe y yo ponemos nuestro disco de canciones de Cri-Cri. La favorita de Felipe es "El burrito", pero a mí de verdad me gusta "El chorrito".

Una parte dice así:

Allá en la fuente
Había un chorrito
Se hacía grandote
Se hacía chiquito.
Estaba de mal humor.
Pobre chorrito tenía calor.

Allí va la hormiga
Con su paraguas
Y recogiéndose las enaguas.
Estaba de mal humor
Porque el chorrito la salpicó
Y sus chapitas le despintó

Es una canción sobre una fuente que está de mal humor. Tiene calor. Entonces pasa una hormiga y la fuente la salpica. También ella se pone de mal humor porque el agua hace que su bonito maquillaje se le caiga de sus pequeñas mejillas. Me gusta la canción porque aunque todos están de mal humor, la música es feliz.

Todos los días es lo mismo. Jugamos juegos. Escuchamos música. A veces comemos pan con queso de capas. Estamos aburridos. Hace mucho frío. Extraño a nuestros padres.

*

Un día, tía Lonia nos dice: —¡Van a encontrarse con sus padres!

—¿Dónde?, pregunta Felipe.

—En Miami, Florida.

Estoy seguro de que odiaré Miami, Florida, en los Estados Unidos. Pero ahí están mis padres.

—¿Queda lejos?, pregunto.

—Queda muy lejos. Van a tener que tomar un avión de hélices para llegar ahí.

—¿Qué es un avión de hélices?

—Como un coche, pero vuela a través del aire.

—¡Una máquina voladora!, dice Felipe triunfalmente.

—Al menos estarán libres —dice mi tía—, no como aquí.

No tengo ni idea de lo que está diciendo.

*

Cuando vamos al aeropuerto, Felipe y yo llevamos ropa igual: trajes, camisas, corbatas y zapatos. Todos piensan que somos cuaches aunque yo soy más alto.

Felipe y yo nos sentamos juntos en el avión.

El avión sí vuela en el cielo y va directo a través de las nubes rebanándolas sin lastimarse.

Qué cosa tan extraña.

Todos nos tratan amablemente.

Nos dan platos de comida, libros para iluminar, y hasta gorras.

La aeromoza le da un broche a Felipe. —*You're the sky king.*

Ella me dice: —*And you're the sky captain.*

Felipe y yo sonreímos aunque no tenemos ni idea de lo que está diciendo.

Ella es la primera persona de muchas con las que nos encontramos que piensa que todos en el mundo hablan inglés.

*

Nuestros padres nos reciben en el aeropuerto de Miami cuando bajamos del avión por unas escaleras. Están parados en el asfalto. Hay mucho ruido y ¡uff, hace un calor espantoso! Todos comenzamos a llorar. No sabía que los había extrañado tanto –mi madre se ve igual; mi padre, más viejo y más tenso–. Él lleva una camisa de manga corta y pantalones en lugar de su traje de siempre. Veo las piernas de mi madre –lleva pantalones cortos–. ¿Qué es eso?

Florida es un lugar extraño.

Mientras vamos en coche hacia nuestra nueva casa, me doy cuenta que Miami es liso como una tabla. ¡Sin montañas!

Hace mucho mucho calor. Estoy sudando sentado, sin moverme, en el asiento trasero aunque la ventana está abierta.

Comprendo que nunca me pondré los pantalones y los suéteres que traje de Guatemala.

Todos en la calle llevan pantalones cortos.

*

Nos dicen que hay una playa cerca –arena y mar–. Nunca he visto una playa. Ni siquiera sé nadar.

Las nubes son diferentes en Miami. No tan esponjadas. Todo es diferente.

Tenemos que usar la bicicleta para llegar a la tienda de la esquina. Encontramos cajas de dulces llamados Three Musketeers, Mars and Snickers.

Y muchas botellas de Coca-Cola y Root Beer. No podemos comprar roscas, espumillas ni canillas de leche.

Nunca comemos frijoles negros, yuca ni plátano maduro.

Los aguacates están aguados.

Nadie habla español.

Mi madre dice que tenemos que aprender inglés.

Ya casi no nos habla en español.

Haremos muchos nuevos amigos, nos dice.

No se pueden ver ni montañas ni volcanes.

*

Les prometo a mamá y papá muchas cosas:

no hablar español en la escuela.

no quejarme de la comida.

aprender inglés.

Pronto, lo único que recuerdo del español es buenos días,

tengo hambre,

necesito hacer pipí.

Olvidar el español —eso es lo que venir a los Estados Unidos significa para mí—.

*

Extraño mi lámpara. Hasta mi camisa en el gancho.

Mis padres tienen un Chevy, pero mi madre lo maneja.

Mi padre dice que cuando tengamos dinero me comprará un triciclo nuevo y a Felipe una patineta.

Extraño el tanque de las langostas en el restaurante.

Extraño dormir bajo las mesas cuando se va la luz.

Extraño los papeles azules y amarillos girando en el cielo y cayendo en el patio de la casa.

Extraño a Augusto y sus engaños.

Al flaco y viejo amigo Otto.

Extraño las langostas, con sus antenas y sus patas peludas.

Especialmente a Gengis Kan.

Traducido por Héctor y Víctor Ortiz.

El inmigrante

Estoy tomado de la mano de un hombre, que es mi padre. Desde que él no puede manejar, nos sentamos en un banco de madera, pintado de verde, a esperar el autobús. De tan caliente, el trasero de mis pantalones está húmedo. Tengo miedo de decírselo a Pá. El parece estar pensando en algo. Lo miro. Tiene la boca abierta cómicamente, como aquellos chicos que he visto en el programa de tele de Jerry Lewis para mongólicos y paralíticos mentales. Sé que sus dientes no son de él; son postizos. Lo sé porque los he visto en remojo; él los pone en el vaso de agua que tiene junto a la cama.

De repente, Pá empieza a acariciarme la mano. Es una caricia linda, confortable, aunque sus manos son tan ásperas que parece que tuvieran escamas, al revés que las de mamá. Mi padre es un hombre viejo. Camina lentamente, con las piernas arqueadas como si sus rodillas se odiaran la una a la otra; cuando se levanta de una silla, boquea porque necesita aire; y siempre suspira. Siempre. Me gustan sus caricias; comienza con un meneo rápido a mis dedos y luego detiene el movimiento y palmea mis manos como si me dijera: "Ahora todo estará bien, muy bien".

Yo sé que algo anda mal, aunque Má y Pá nunca hablan de eso. Pero yo me doy cuenta: el problema está en el aire, como el olor de las cebollas fritas.

Ya he estado en estas situaciones otras veces, y sé que el autobús puede tardar horas en llegar. Escurro mi mano del puño de Pá, apoyo mi pecho contra el respaldo del banco y vigilo a algunos viejos que están detrás –no mucho más viejos que Pá– y que juegan al tejo con palos que parecen garras de ave. Todos usan gorras con visera, delgadas, suéteres coloridos (a pesar del calor que hace) y alpargatas de lona blancas. Si cierro los ojos, veo a mi padre deslizándose entre ellos y a otro hombre, más joven, sentándose junto a mí en el banco.

–¡Puedes esperar horas enteras! –dice Pá, a punto de explotar.

–¿El autobús no viene, Pá? –susurro apenas.

–No –contesta él, dándose un manotazo en una pierna–. No somos perros, carajo. ¡Esperar media hora un autobús! Y tengo que estar en el De Lido dentro de quince minutos.

Mis pantalones no están tan pegajosos, ahora que estoy sobre mis rodillas.

–¿Qué es el De Lido?

–Un hotel, en la playa.

–¿Vas a trabajar ahí?

–*Hoffentlich*. Necesitan un empleado diurno.

Eso me alarma. Nueve o diez veces he ido con mi padre a buscar trabajo y nunca he pensado lo que podrá pasar conmigo si llega a encontrar alguno. Má es vendedora en Burdines; Henry y Louis están en la escuela. Yo quiero ser grande, pero no puedo. Tengo sólo cinco años. "Quién me va a cuidar?", quisiera preguntarle. Pero no quiero parecer tan chico ni ser una peste para la familia. Aunque habría otra salida: –Bueno, ¿y quién se hará cargo de Henry y Louis cuando vuelvan de la escuela? –Se me hace un nudo en la garganta. Pero Pá no puede verlo.

–Consuelo, claro.

–Ah, sí, Consuelo –digo, un poco mareado.

–Ella se hará cargo de ti, también, si yo consigo un trabajo –dice, y mira hacia la curva del camino para ver si descubre el autobús entre los coches que pasan. Y vuelve a recostarse para seguir esperando–. ¡Eso es! –y se da otra palmada furiosa en la pierna.

A veces pienso que soy un estúpido por olvidar demasiadas cosas. Consuelo vino con nosotros desde Guatemala. Ella es mi *nanny* –¡mi niñera!– ¡Mira, Má, y estoy aprendiendo inglés! Consuelo me habla en español, Pá en inglés o en alemán. Y cuando yo repito algo que él ha dicho, Má se vuelve loca porque piensa que voy a empezar el primer grado hablando alemán.

–¿Qué iremos a hacer, Pá?

–¿Acerca de qué?

–Tú sabes. Si el bus no viene.

–No lo sé.

Hay veces en las que deseo que él diga que sí sabe. Cuando dice "no lo sé", empiezo a desesperarme porque pienso que yo tengo que imaginar algo en su lugar.

—¡Podríamos tomar un taxi!

—¿Crees que tenemos tanto dinero?

—¡Claro! —y quiero que diga que sí, pero sé que no puede.

Se lo ve triste, cuando se empieza a rascar la piel de la palma de las manos. Se quita el saco marrón y lo dobla sobre sus brazos. Todo su cuerpo está en tensión.

—Consuelo puede prestarnos dinero. Después se lo devolveremos.

Mi padre ni siquiera me responde. Hay cosas que yo no entiendo. ¿Por qué el calor? ¿Dónde están los volcanes? ¿Quién se llevó mi triciclo? ¿Por qué Pá no puede conseguir trabajo? Recuerdo que Má y Pá nos dejaron con el tío Aarón, pasó bastante tiempo y entonces tomamos un avión para venir aquí. ¡Esto es Miami! Yo nací en Guatemala. Esto no es Guatemala. Vivíamos en un restaurante. ¿Dónde está Augusto el cocinero; y Otto, el mesero? ¿Dónde están mis amigos los...? No recuerdo sus nombres...

—Levántate, hijo —una mano me tironea.

—¿Por qué? —pregunto, estirando las piernas.

—El bus —suspira Pá.

Ahí viene. De repente tengo ganas de hacer pipí. Aprieto mis piernas todo lo que puedo. Me doy vuelta y veo el autobús; echo un vistazo a Pá. Debería estar sonriendo, pero no sonríe. Y de repente, deja caer mi mano, arroja el saco sobre el banco, da un par de pasos hacia la calle y empieza a hacer señas, desesperado, con los brazos. Parece un loco.

—¡Pá! —le grito, con miedo de que un coche pueda atropellarlo.

El autobús se desvía, abandonando el carril cercano; pasa lejos de nosotros. Achico los ojos para ver mejor, y sí: hay gente adentro. Pero no se detiene.

—¡Pare! ¡Pare!

Mi corazón golpetea. "No me haré pipí, no me haré pipí", me digo una y otra vez.

El chofer, sentado en su trono negro y enorme, usa anteojos de sol. Nos hace unas señas y sacude la cabeza.

Mi padre vuelve hacia mí, con los brazos a los lados, los hombros caídos, encorvado. Aguas, gotas de sudor, corren por las muchas arrugas de su cara.

Una voz llama detrás de nosotros. Me doy vuelta. Un hombre con un suéter rojo se saca la gorra, se seca la frente con un pañuelo.

—Oiga —dice—, movieron la parada de bus dos cuadras más abajo la semana pasada.

Pá se queda helado.

—¿Y por qué carajos nadie me dijo nada? —grita amargamente.

El hombre se encoge de hombros, y vuelve donde sus amigos dándose golpecitos en un costado de la cabeza.

Mi padre recoge su saco del banco y me pone sobre la vereda.

—Vamos a llegar tarde, ¿no, Pá?

Él empieza a caminar hacia la nueva parada del autobús. El pipí me moja los calzoncillos. Pero se secará con el calor. Estaremos allá enseguida, sólo que un poquito más tarde.

Traducido por Mempo Giardinelli.

CANILLAS DE LECHE

Sofía tiró un seis y un cinco en los dados, un buen par de números, pero aún le quedaban cuatro piezas.

—Doble seis, Don Samuel.

Mirando hacia los dados, sólo los vio borrosamente. Miró de nuevo hacia arriba, hacia ella, con sus ojos saltones de color metálico, y maldijo en árabe: —*Yinal dinak!*

—Lo mismo para ti —respondió Sofía, recogiendo sus últimas cuatro piezas rojas y depositándolas en su lugar al lado del tablero—. Gané otra vez.

Don Samuel nos volteó a ver —testigos silenciosos sentados junto a ellos— y preguntó: —¿Doña Sofía está diciendo la verdad? No me mientan.

Miramos a nuestra abuela. Una mujer que cojeaba un poco, de no más de metro y medio de altura. Estoicamente soportaba las exigencias y maldiciones de un esposo viejo y cada vez más egoísta. Se mordió el labio inferior y asintió.

–*Desh* –dijimos en turco, en coro.

El abuelo lanzó sus dados sobre el tablero de *backgammon* y lo cerró ruidosamente. –Tres dobles seguidos. Debí ganar este juego fácilmente, pero no puedo competir con tu suerte. Cuarenta años de *toule* y todavía no sabes jugar. ¡Tienes que hacer trampa!

Doña Sofía se encogió de hombros. Había ganado cuatro veces al hilo.

El abuelo se enderezó sobre los brazos de su silla de terciopelo azul y aclaró su garganta como si fuera a escupir: la flema no salió. Sacó su reloj de bolsillo del chaleco, abrió el estuche de oro y lo extendió hacia su esposa. –¿Qué hora es, Doña Sofía?

–La una y media, Don Samuel.

Guardó su reloj y tentó en la mesa buscando sus cigarros. Se acomodó el poco cabello en su lisa cabeza. –Vamos, es hora de tomar la siesta –le dijo a nuestra abuela. Y volteando hacia nosotros añadió–: Nos levantamos a las tres. No hagan ruido ni salgan solos. Las calles de Guatemala están llenas de ladrones hoy en día.

Henry me miró e hizo una mueca.

Nuestra abuela se levantó con trabajos y tomó el brazo de su esposo. –Jueguen *toule*. Lean libros. Escríbanle una carta a sus padres. Deben sentirse solos en Miami sin ustedes. Cuando nos despertemos, podemos ir de paseo al zoológico y comprar atol de elote y enchiladas.

–¿Lo prometes?

–Sólo si se portan bien, gruñó el abuelo. Jaló el brazo de su esposa y salieron de la salita, por el corredor, a su habitación oscura.

Jugamos *backgammon* y Henry ganó tres de cinco juegos, bajo la mirada de los padres de mi abuela, ambos muertos hace mucho en Egipto. Eran retratos sin humor –caras severas, religiosas– que se mezclaban perfectamente con las paredes amarillas. La tarde se estiraba ante nosotros, larga, sin vida.

–Vamos a ver qué está haciendo Nico, sugerí.

–Probablemente destripando un pollo –respondió Henry–. La mitad del tiempo está cubierta de plumas. Luego guarda los picos y las patas para la sopa que nos obliga a comer.

–Te encantan sus sopas.

–Sí, claro.

Caminamos por el corredor abierto que rodeaba el patio y los otros cuartos de la casa. Miramos detenidamente el interior de la cocina; Nico no estaba. El siguiente cuarto era el suyo. El piso estaba cubierto de hojas de pino; estaba quemando copal en pequeños platos de cerámica café. Nico estaba de rodillas, rezándole al crucifijo de su altar casero.

Su cabello color negro alquitrán, trenzado con un paño de seda roja, le llegaba hasta la cintura; rozaba el suelo como la cola de un caballo cada vez que se movía.

–¿Qué quieren? –preguntó, mientras se persignaba sin mirarnos. Se levantó mientras se acomodaba el vestido indígena largo de hilos azules y dorados. Su rostro arrugado brillaba como la obsidiana.

—La abuela dijo que nos llevarías al parque —respondió Henry.

—¿Qué, no ven que estoy ocupada?

—¿Qué estás haciendo?

—Le estoy rezando a Dios Padre y a su hijo mártir. —Abrió su puño derecho y reveló un rosario de amatista y oro, enredado en su palma.

—¿Podemos rezar contigo? —pregunté, mareado por el incienso que hacía que el aire fuera gris.

Los ojos de Nico miraron por todo el cuarto. —A sus abuelos no les gustaría.

—¿Por favor?

Nico nos jaló y nos arrodilló a su lado. A cada uno nos puso una mano en la cabeza y comenzó a murmurar en quiché. Las palabras indias pasaban ininteligibles, excepto el Jesucristo o Santa María ocasional.

Rezaba con los ojos cerrados, y cada vez que pasaban unos cuantos minutos agitaba su puño hacia el crucifijo y lo besaba. Por un segundo vi al viejo Haham Musan recitando oraciones litúrgicas judías, con un *taled* sobre la cabeza, enfrente del arca y sentí el cuerpo erguido de mi abuelo agitándose rítmicamente junto a mí. En silencio, yo jugaba con monedas en los bolsillos de mi pantalón. Mi mente se iba hacia el Zoológico de la Aurora: vi el carrusel, el fotógrafo que usaba una gran caja negra para tomar fotos, los elefantes engullendo bananos.

—Ya se pueden levantar —dijo Nico, poniéndose de pie.

–¿Qué hiciste?, pregunté.

–Están protegidos del diablo y del esqueleto vagabundo durante los próximos siete días. Pero tienen que portarse bien o perderán la protección y una serpiente se los tragará.

–Eso está de miedo, dije.

Henry me susurró: –No creas en esas patrañas. La semana pasada dijo que un sapo con manchas de leopardo me comería. Nada más trata de asustarnos. –Y luego le dijo a Nico–: ¿Qué pasó con lo del parque?

–No puedo ir ahora. Tu abuela me dejó una canasta de ropa para lavar en la pila. Luego tengo que cocinar *kibbes* para la cena. –Nos dio palmadas en la cabeza–. ¿Por qué no van a jugar *backgammon*?

–Acabamos de jugar cinco veces, se quejó Henry.

–Entonces jueguen cartas, lean. Tienen suerte de saber leer. Yo tengo que memorizar todo. –Nico nos corrió de su cuarto, fue a su armario y tomó una peineta de madera para hacerse un chongo con su trenza.

Caminamos de regreso a nuestro cuarto donde dormíamos rodeados por dos máquinas de coser Singer de pedales, conos de hilo blanco y montones de tela doblada. Cuando pasamos por el cuarto de nuestros abuelos, Henry preguntó: –¿Qué piensas que haría el abuelo si supiera que rezamos con Nico?

–¡Nos maldeciría y nos obligaría a ir a clases de hebreo dos veces por semana! ¡No podría soportar eso!

–¿Crees que Nico es bruja?

Lo pensé. –Sí es, es una bruja buena. No la he oído maldecir a nadie más que al esqueleto vagabundo.

–Sí –suspiró Henry–. ¡Odiaría despertar muerto un día nada más porque pateé uno de sus malditos pollos!

En nuestro cuarto, le escribí una carta a nuestros padres, mientras Henry leía un cómic de Superman en inglés que habíamos encontrado en una librería en El Portal. Cuando terminó el cómic, me lo pasó y le añadió una nota a mi carta.

–¿Y ahora qué?, preguntó Henry, regresándome la carta.

–Podemos jugar en el patio.

–¿Estás bromeando? Eso despertaría a los abuelos y nos darían una buena tunda. Vamos a comprar canillas de leche en la tienda de la esquina.

Me paré en el colchón. –El abuelo dijo que no saliéramos.

–No se va a dar cuenta. Dejamos la puerta abierta y nos salimos nada más un minuto.

–Conozco tus minutos, Henry. Luego vas a querer ir al parque y subirte a los columpios o a buscar cómics nuevos.

–Danny, a veces eres un gatito. Un verdadero marica.

–Estás loco, respondí, sin saber exactamente qué quería decir o de dónde Henry, dos años mayor, sacaba esas palabras. Me imaginé un gatito lamiendo la leche de sus patitas.

–¡Bueno, yo no soy ningún marica y voy a salir! –Saltó de su cama y sacó cincuenta centavos de su bolsillo–. Tengo el dinero que me dio el tío Aarón la semana pasada.

–¿No te gastaste lo tuyo?

–No todo.

Se me hacía agua la boca al pensar en las ricas y cremosas canillas de leche. –Está bien. ¡Pero sólo hasta la esquina!

Henry me dio una palmada en el hombro. –Vámonos antes de que Nico venga a buscarnos.

La salida de la casa era a través de la cochera. Henry levantó el seguro y abrió la pesada puerta verde para que yo pasara. Afuera, había comenzado a lloviznar, más temprano que en la mayoría de los días de invierno.

–Nos vamos a empapar –dije, aún con esperanza de regresar.

Henry me empujó a través del dintel y abrió la puerta. Corrí de vuelta, pero ya era tarde. La puerta se había cerrado. –Maldita sea, Henry, está cerrada con seguro. Debiste ponerle un pedazo de madera para mantenerla abierta. ¡Ahora vamos a tener que timbrar para entrar!

Henry se encogió de hombros. –¡No iba a dejar la puerta abierta para que algún indio borracho de los que viven en el parque entrara con un machete a sacarnos el corazón a todos!

–¿Qué les vamos a decir?

–Estábamos sentados aquí en la banqueta, platicando, cuando el viento cerró la puerta. La abuela nos creerá. ¡Vamos! ¡El último en llegar a la esquina es un huevo podrido!

En la tienda de la esquina vendían de todo. Jabón, plátanos, baterías, petardos. Estaba llena de sirvientas indígenas que compraban comida y productos de despensa. Esperamos pacientemente en las sillas de madera, mirando los grandes tarros de dulces que estaban alineados en el mostrador. Cuando era nuestro turno, Henry ordenó dos cocas de seis centavos y cuatro canillas de leche. Su súbita generosidad me hizo pensar que se había robado el dinero del armario del abuelo. No estaba de humor para cuestionarlo.

Al lado estaba un puesto de lustre con cuatro sillas como tronos. Detrás de una puerta doble, con el letrero de "privado", había dos máquinas tragamonedas, resquebrajadas y destartaladas como si las hubieran rescatado de un casino incendiado. Generalmente perdíamos, pero una vez Henry sacó tres ciruelas y ganó catorce monedas de cinco centavos. Él estaba seguro de que la siguiente moneda le daría el primer premio: quince quetzales, suficientes para triunfar sobre el verano completo. Le puso dinero a cada maquinita y jaló las palancas simultáneamente, susurrando incoherencias mientras las ruedas giraban y hacían clic. Nada. Puso más monedas en la maquinita y de nuevo salió sin nada. Pateó las maquinitas y dijo: –Esas maquinitas están arregladas. ¡Vamos al parque!

–Lo prometiste, Henry...

–No prometí nada. Puedes regresar si quieres, bebé, pero yo voy al parque.

No podía hacer nada más que seguirlo. Momentáneamente, había dejado de llover, pero la tierra del parque se había vuelto lodosa. Por encima de los grandes árboles de eucalipto, el cielo gris y denso amenazaba con explotar. Jugamos en los columpios, yendo cada vez más alto hasta que el marco vibraba. Escalamos la trepadora hasta un árbol cercano. Zigzagueamos rama por rama hacia la parte más alta, hasta que estuvimos sentados a doce metros del suelo. Aquí, las copas de los árboles se mecían con la brisa, y el viento frío soplaba. Podíamos ver el techo y el tinaco de la casa de mis abuelos, las torretas del Palacio Nacional verde a seis cuadras, y hasta la punta de la imitación de la torre Eiffel de 30 metros que estaba en la séptima avenida, a casi tres kilómetros.

—Me estoy congelando, Henry —dije con escalofríos.

—Sí, hay que bajar. Yo voy primero.

Henry saltaba de rama en rama como un mono capuchino, y yo lo seguí. Abajo, un grupo de niños, saludando y gritando, nos animaba. Cuando llegamos a la trepadora, brincamos el último metro al suelo e inmediatamente nos rodearon seis niños, todos descalzos y con sus cajas de lustrar zapatos al lado. Los pantalones les llegaban a las rodillas, y las camisas manchadas les quedaban o muy grandes o muy pequeñas.

Su líder era un muchacho, que nos sacaba una cabeza de altura, cuyos ojos negros opacos parecían de papel quemado. Le quedaban pocos dientes en la boca y su mano derecha estaba torcida hacia su codo. "Hey, gringos. *Shoe shine?*", nos retó, en inglés.

—No, gracias, quizá después —respondí, mirando mis manchados zapatos Buster Brown de cuero.

Un chico que parecía el hermano menor del líder añadió: –Diez len. Barato.

–Nada de eso –dijo Henry–. En El Portal me los limpian por cinco, y sentado.

Henry trató de alejarse, pero el líder lo agarró fuerte con su garra lastimada. –Relajate, le dijo, sonriendo.

–¿Qué hacemos?, le pregunté a Henry en inglés.

Henry sonrió. –Nada más sonríe como yo. Cuando diga tres, corre lo más rápido que puedas. Nos vemos en la casa.

–Paco –dijo un chico, quizá de mi edad–, mirá su ropa. Deben ser cuaches.

El líder me agarró de la camisa con sus manos llenas de shinola. La camisa era como de dandy: mangas largas color crema con botones de madera y puños franceses. La camisa de Henry era igual a la mía, tanto como sus pantalones azules de lana. Era como si, por primera vez, me diera cuenta que siempre nos vestíamos como cuaches.

–Más vale que nos dejen en paz o les gritamos a los chontes –amenazó Henry, a pesar de que no había ni un policía cerca.

Mis piernas temblaban, como cuando algún compañero de clase en Miami me llamaba *sucio judío*. Un sabor salado llenaba mi boca al recordar cómo me sentía en una misión mientras dejaba a un lado los libros para defender 5300 años de judaísmo. Pero éstos eran seis niños callejeros. Sucios, hambrientos. Traté de pensar en una salida, pero mi mente estaba en blanco.

–¡Demen su dinero!, ordenó Paco.

–¡Tres!, gritó Henry, y salió disparado por detrás de dos de los chicos, que lo persiguieron. Los otros cuatro me rodearon. Me volteé y traté de trepar la trepadora, pero me bajaron fácilmente.

–Dejame revisarte los bolsillos.

–No tengo dinero, mira–. Me vacié los bolsillos delante de ellos, tratando de no llorar.

–¡Dame tu camisa!– Las manos de Paco estaban encima de mí de nuevo; de repente, comencé a lanzar puñetazos. Mis puños golpeaban al azar, principalmente al aire, pero seguí golpeando como una máquina de pitcheo. Debo haber golpeado a Paco en la boca, porque había sangre en mi puño y me dolían los nudillos de la mano izquierda. Un chico me agarró por detrás. Su cuerpo olía como queso rancio. Luego alguien me quitó los lentes y ya casi no podía ver: árboles, columpios, el suelo, giraban alrededor mío. Al cerrar los ojos, tuve una visión de la muerte: una caída infinita, sin manera de detenerla.

De repente, mi cara estaba mojada pero pegajosa, y me di cuenta de que los niños indios me estaban escupiendo. Caí al suelo de espaldas, me cubrí la cabeza con los brazos y comencé a lanzar patadas. Seguían lloviendo escupitajos. Oí silbidos, gritos, y las voces de los chicos alejándose.

Me levanté y vi una figura borrosa frente a mí.

–¿Henry?, pregunté.

–No –respondió una voz grave en español–. ¿Son tuyos?

Forzando la vista, estiré la mano y agarré las dos patas aplanadas de mis lentes. Doblé una en su forma original, pero la otra se rompió. Me los puse. Junto a mí estaba parado un hombre de traje café de tres piezas, con un bastón que hacía juego. Tenía un bigote delgado y, fuera de eso, estaba bien rasurado.

—Vamos, hijo —dijo, extendiendo el brazo hacia mí.

—Me duele la mano, me quejé.

—Sí, y también te arrancaron las mangas de la camisa —dijo el hombre, tocando mis brazos desnudos.

—Oh, no —gemí, notando también que mis pantalones estaban llenos de lodo y que había perdido un zapato.

—¿Por qué no vienes conmigo? Puedo conseguirte ropa.

—No, gracias —dije, chupando la sangre de mi puño—. Vivo aquí en la esquina. Mi abuelo me va a matar.

—¿Te lastimaron los matones? Tienes brazos muy bonitos.

Aún mareado y confundido, miré la cara del hombre. Su boca estaba medio abierta, casi temblorosa. Algo me daba mala espina. De repente, salí corriendo como si finalmente hubiera oído a Henry gritar su uno-dos-tres.

—Regresa, regresa, te puedo ayudar.

Los rayos parecían quebrar el cielo como picahielos. Comenzó a llover fuerte. Corrí por el parque y crucé la calle. Rebotaban granizos de los techos de lámina de los edificios circundantes; el agua formaba riachuelos por las calles hacia las alcantarillas. Pasé corriendo junto al puesto de lustrar zapatos y la tienda de la esquina. Cuando me aproximaba a la casa, vi que Henry me hacía señas de que me alejara; luego mi abuelo salió a través de la puerta verde y caminó ciega y enojadamente por la calle. Me metí en la sastrería de junto, y me escondí detrás de unos maniquíes de plástico que estaban amontonados junto a la entrada. El sastre había gritado desde adentro cuando entré corriendo, pero al no tener respuesta regresó a coser.

Mi abuelo entró a la tienda, gritando: –¿Daniel, dónde estás? ¡No te atrevas a esconderte de mí!– Me agaché, apoyando la cara contra la pared. En cuanto había pasado mi abuelo, me escabullí fuera de la sastrería. Henry estaba aún junto a la cochera, haciendo señas de que entrara, como si fuera un corredor que se acerca a la meta. –Lo despertó el timbre. Estaba tan enojado que casi me arranca las orejas. ¿Hey, qué te pasó?

Mis lágrimas se mezclaban con la lluvia. –¡Me agarraron entre todos, cuando te fuiste!

–¡Te dije que corrieras, estúpido!

–Podías haber regresado a ayudarme.

–¿Qué, y que me golpearan? ¡Ni en sueños! Si así casi se me caen las orejas, por el golpe del abuelo –dijo sobándose–. Rápido, ahí viene. Más vale que te escondas adentro hasta que se le pase el enojo.

En la calle vi a mi abuelo aproximarse. Noté que seguía en pantuflas, con la bata encima de la ropa interior de algodón.

Corrí hacia la casa, pasando a mi abuela que miraba hacia fuera por la ventana de la salita, y me apresuré hasta el cuarto de mis abuelos. Con las persianas aún abajo, el cuarto era oscuro como si fuera de noche. Fui al armario de mi abuela, jugué con la llave, abrí el cerrojo y me metí. Me enterré detrás de los vestidos y la fila bien acomodada de zapatos abiertos en el piso del armario.

Todavía trataba de calmar mi respiración cuando oí las pantuflas de mi abuelo sobre el piso de madera, y el cojeo de mi abuela detrás de él. Los movimientos se detuvieron frente a su cuarto.

—Sal de ahí, Daniel. ¡No creas que puedes esconderte de un ciego! ¡Sé dónde estás!

—Don Samuel, detente. Todavía es un niño.

—Les dije que no salieran. Ahora éste me desafía.

El aire era caliente en el armario. El olor a bolas de naftalina se metía a mis fosas nasales. Amortigüé un estornudo en un vestido de mi abuela.

—Daniel, ven acá —dijo mi abuelo—. ¡Sofía, prende la luz!

—No, no te dejaré golpear al niño.

Podía oír cómo mi abuelo buscaba la cuerda del apagador con las manos y no la encontraba. Luego tanteó por todo el cuarto para encontrarme: en las esquinas, con un palo de escoba bajo la cama. Las pisadas se acercaban. ¿Dónde estaba Superman? Agarré con fuerza un zapato. Era de terciopelo, con una suela gastada y pequeña.

Se abrió la puerta del armario. Apreté la nuca contra una esquina y vi muchos tentáculos tratar de agarrarme entre los vestidos. Una mano me agarró de la garganta y me sacó.

La cara de mi abuelo se veía blanqueada con la fuerte luz. Dejé caer el zapato cuando me jaló hacia él.

En el pasillo, Henry y mi abuela estaban parados, inertes.

—¡No volverás a hacer esto! —Mi abuelo gritó cuando comenzó a nalguearme sobre sus rodillas. La piel de mi trasero me dolía punzante, antes de entumecerse. Luego, de repente, sentí que me daban la vuelta, y mi cara se aproximaba a las mejillas sin rasurar de mi abuelo. El aroma familiar de la colonia 47-11 me envolvió. Mi abuelo estaba sollozando.

Traducido por Héctor y Víctor Ortiz.

MUFFIN MAN

–Estoy harta de la lluvia –hizo pucheros Marina, enredando sus trenzas alrededor de sus dedos–, estoy harta de que llueva a cántaros cada vez que quiero salir a jugar.

–Yo también, dijo Francisco. Se estaba escarbando la nariz, embarrando distraídamente los mocos en las suelas de sus zapatos, a veces comiéndoselos.

–¡Miren! –dijo Henry, señalando a su primo–, Francisco está comiéndose los mocos.

–¡No me los estoy comiendo!, respondió Francisco de inmediato. Alejó la mano de su cara y comenzó a dibujar círculos en el suelo.

–¡Comemocos!

–¡Que no!

–¡Cara de coche!

–¡No!

–Sólo un cerdo se come los mocos.

–Deja en paz a Francisco, ordenó Danny. Aunque era dos años menor que su hermano Henry, él mandaba debido a su tamaño.

–¿Por qué?

Los dos hermanos se miraron el uno al otro tensamente. Después, Danny bajó los ojos y dijo:
–Ya sabes que no hay que molestar a Francisco. De seguro pensó que tenía oro en la nariz... Y además, va a comenzar a llorar, ¡como siempre!

Danny y Henry estallaron en risa.

Francisco les sacó la lengua, y después miró a su hermana. Marina estaba recostada boca abajo, con la cabeza apoyada en las palmas de su mano, soñando despierta mientras miraba por la ventana. Se sintió traicionado por la indiferencia de su hermana; los ojos se le llenaron de lágrimas.

–Apuesto que podría llover cuatrocientos días y cuatrocientas noches. Todo estaría cubierto de agua, excepto esta casa, que flotaría como una caja en el mar. Y yo podría quedarme así y no mojarme –dijo Marina, bajando las manos y apoyando la cabeza en los antebrazos.

Henry miró cómo Francisco se secaba los ojos con las mangas. Comenzó a cantar: –*Oh, do you know the Muffin Man, the Muffin Man...*

–¡Marina, dile a Henry que se calle!

Danny también cantó. –*...the Muffin Man. Oh, do you know...*

–...diles que se callen...

–*...the Muffin Man who lives in Drury Lane.*

–Le voy a decir a mi mami, lloró Francisco. Siempre lloraba cuando oía esa canción. No sabía exactamente por qué. La melodía lo entristecía. Se imaginaba que el Muffin Man era una especie de monstruo. De repente, se levantó y atacó.

—Cálmate, Muffin Man, le advirtió Danny, alejando a su primo menor con una mano.

—Le voy a decir a mi mami que me estaban molestando de nuevo, y les va a dar una paliza a los dos.

Marina levantó la cabeza despreocupadamente y miró. Los golpes salvajes de Francisco le daban al aire. —Eres tan llorón.

—¡No soy llorón, Marina!

—¿Entonces por qué lloras, bebé?

Francisco dejó de lanzar golpes a Danny y arremetió contra su hermana. Lucharon: Francisco tratando de morder a Marina, y ella clavándole sus uñas largas. Danny y Henry, sentados en el banco del piano, aclamaban:

—¡Rasgúñalo, Marina!

—¡Vamos, bebé llorón, vamos!

—Auch, Marina, tus uñas...

—¡Mira al mariquita pelear con una niña!, dijo Henry. Estaba orgulloso de cómo había logrado que una tarde aburrida y lluviosa se convirtiera en una pelea.

—¡Cállate, Henry!

—Peleando con niñas, peleando con niñas.

—¡Ay! ¡Me mordiste! —gritó Marina. Dejó de luchar, miró las marcas mojadas de los dientes en su brazo derecho—. ¡Eres un perro, como Farouk!

—Y tú eres un gato como...

—¿Como qué, bebé?

La mente de Francisco estaba en blanco. —¡Tina, Tina! Me están molestando otra vez, dijo, corriendo fuera del cuarto. Un rayo restalló. El rugido del trueno agitó los marcos de las ventanas en el cuarto del piano. Los tres primos se apiñaron muy cerca uno del otro.

—Podría caernos, dijo Henry, haciendo una mueca de miedo.

Marina se alejó de sus primos. —No, no nos caerá, manifestó. Puso el brazo bajo la luz del gran candelabro que colgaba en medio del cuarto. La luz salpicaba las dos medias lunas de su brazo. —Mira lo que me hizo Farouk, dijo, sin dirigirse a nadie en particular.

—¿Te duele?, preguntó Danny. Para él, Marina era una persona a la que se debía proteger del dolor. Sus brazos oscuros eran suaves, casi sin huesos.

—Por supuesto que me duele. Nunca me había mordido un perro.

—Te van a tener que poner inyecciones contra la rabia —bromeó Henry, mientras se movía bajo la lámpara para tener una mejor visión de la mordida. —¡Doce inyecciones en el estómago!

—¡Francisco no tiene rabia!

—Y ni siquiera es un perro, añadió Danny.

Marina miró a Danny. Sintió la preocupación de su primo y se sentía asustada por ello. —Cualquiera que muerda gente —en especial a niñas— es un perro. ¡No debería entrar a la casa y Tina sólo debería darle de comer arroz!

—Los perros no comen arroz —respondió Henry—, a menos que estén enfermos.

—¿Crees que no sé eso?

—Pero dijiste que...

–Ya sé lo que dije. Nada más estaba fingiendo.

–Las niñas siempre fingen, dijo Danny. Caminó por el piso de parquet como si estuviera paseando un poodle con una mano y trajera una sombrilla en la otra.

Henry se rió un poco: –¡Bravo, Madame Pompadour!

Marina se sonrojó. –No siempre, sólo cuando las obligan a jugar con niñitos estúpidos.

Danny fue hacia donde Marina estaba parada. La agarró del brazo, justo de donde Francisco la había mordido.

–Me estás lastimando, Danny.

–Por favor no me digas estúpido, Marina. –Quería abrazarla, no sabía por qué, pero tenía miedo. Quería apretar su cuerpo contra su suéter amarillo y decirle que podía hablarle así a Henry, pero no a él.

Tina apareció de repente en la puerta. –¿Qué están haciendo, patojos malcriados? –Era una mujer de gran tamaño, y tenía puesto un delantal blanco. Se peinaba el cabello aceitoso, salpicado de gris, todo hacia atrás. A veces, cuando estiraba el brazo derecho, se le veía un tatuaje rojo y azul de un hombre en motoneta.

–Nada, Tina –gritó Marina–. Estábamos cantando y el pequeño chillón empezó a llorar.

–¡Mentirosa, mentirosa!

–Es verdad, Tina –dijeron en coro Danny y Henry.

–Todos son unos mentirosos y les va a crecer la nariz.

–¡Cállate, Muffin Man!

Francisco se lanzó hacia Danny, pero Tina lo detuvo como si fuera un palo de escoba. Su mueca mostraba su odio por los niños. Cada vez que podía, cuando no estaba lloviendo, los ahuyentaba hacia el patio delantero. Le encantaba soltar a Farouk, el bóxer de la familia, sabiendo que los niños tendrían que pasar horas en los árboles o en los juegos porque le tenían miedo al perro. Los primos la odiaban, de igual manera, por esto, y sólo Francisco era suficientemente tonto para correr a pedirle ayuda. Si alguna vez se quejaban con Alma, la madre de Francisco y Marina, ella se ponía del lado de la sirvienta. Henry solía molestar a Marina diciendo que nunca despedían a Tina porque era medio hermana de su madre.

–¿Cómo voy a hacer mi trabajo si cada cinco minutos vienes llorando? –dijo, sacudiendo a Francisco.

Los otros se quedaron perfectamente quietos.

–Tina, me estás lastimando. Francisco trató de patearla.

–¡Ya es suficiente! ¡Ahora te portarás bien! –arrojó a Francisco sobre su regazo y comenzó a golpear su pequeño trasero.

–¡No, Tina, no! ¡Me estás lastimando!

Cinco nalgadas después, dijo: –Si no dejas de llorar, te pondré un vestido de Marina.

Tina dejó caer a Francisco, que correteó entre lágrimas hasta llegar debajo del piano de cola en la esquina del cuarto. Entonces, ella levantó la mano.

–¡Sigan así, y les tocará a todos! Apuntándole a Marina, añadió: –¡Una palabra de esto a tu madre y te calentaré el trasero para que no lo olvides!

–Sí, Tina –dijo Marina.

–Ni un ruidito más ¿Me escuchan?

–Sí, dijeron los primos.

Tina dio la vuelta. Las ventanas se agitaron cuando salió del cuarto.

–Es una bruja, susurró Danny.

–Come ratas y culebras, añadió Marina, estremeciéndose.

–Es algo peor –dijo Henry–, es la hermana de tía Alma.

–No hables así de mi madre.

–Es cierto, Marina, acéptalo. ¿Por qué más la defendería tu madre?

Henry nunca perdía una oportunidad de ir contra su tía, que siempre lo señalaba como el travieso del grupo.

–No sé... Simplemente no es justo... No deberías decir esas cosas sobre mi madre. Les dio la espalda a sus primos y miró hacia la ventana. Los vidrios estaban manchados de agua de lluvia; casi no se veía nada.

Danny tocó el brazo de su hermano, y luego se puso un dedo en los labios.

–Tienes razón, Marina –dijo, caminando hacia ella–. Henry dice cosas que no quiere decir. Le puso el brazo alrededor de su pequeña cintura y le dio un beso en la mejilla. Ella se soltó indiferentemente.

–Lo siento, Marina, dijo Henry.

Marina aún no se volteaba.

Danny intentó de nuevo. –Henry lo siente por haber dicho eso. No te enojes.

—No te enojes, repitió Francisco, desde debajo del piano.

Marina echó una mirada fría a su hermanito. Sus ojos estaban húmedos.

—Oh, pequeño chillón. Tú empezaste todo esto.

—¡Mentirosa! Fueron ellos, pero siempre me molestas a mí.

Henry se agachó debajo del piano. —¿Eso es todo lo que puedes decir, changuito? ¡Más te vale que salgas de ahí, antes de que te muerda la rata!

Francisco salió corriendo. —No hay ratas en la casa.

—Y tú qué sabes —dijo Henry—. ¡Vi una grandota ayer, corriendo de la despensa a la cocina. Era más grande que un conejo, mucho más grande, y chillaba!

—¡No!

—Por favor, Henry —dijo Marina—, el chillón va a empezar a llorar otra vez.

—No lo voy a hacer, dijo Francisco. Se movió y miró por la ventana como si alguien de afuera pudiera defenderlo. Las nubes colgaban bajas y pesadas, como los cachetes de un gordo; la lluvia zigzagueaba por los vidrios.

—Apuesto a que Tina come ratas —sugirió Henry—. Por eso está gorda como un barril y tiene bigotes negros. Nunca he visto una mujer así. Parece una...

—No lo digas, dijo Marina.

Henry tragó saliva. —Parece una carnicera, o un convicto que se escapó. ¡Quizá una asesina!

—¡Le voy a decir a Tina que dijiste eso!

Henry miró a Francisco. –Todavía no lo entiendes, Muffin Man: ¡Cada vez que le chismeas algo lo único que hace es pegarte otra vez!

–¿Y qué?

Danny levantó las manos y gruñó.

–La lluvia me pone tan triste. No se pueden ver los volcanes, ni siquiera los columpios –se quedó pensando en silencio por unos segundos. De repente se volteó–. Hay que hacer algo juntos.

–¿Como qué?

–¡Hay qué jugar a la casita!

Henry tomó aires de adulto. –Ya estamos grandes como para jugara a eso. Además, es un juego de niñas.

–Oh, no seas tonto. No podemos quedarnos aquí nada más a ver la lluvia toda la tarde contando cuentos de Tina y las ratas. ¿Te acuerdas de esas cajas que trajo papi la semana pasada?

–¿Las cajas grandes de la mueblería?

–¡Sí! ¿Dónde las puso?

Todos se encogieron de hombros.

–Nada sale bien nunca, dijo Marina sobriamente.

–¡Yo sé! ¡Yo sé!

–¿Dónde, Muffin Man?

–No les voy a decir.

–¡Te voy a poner una rata en la cara!

–¡No!

Marina le pasó el brazo por la espalda a Francisco. –Si me dices, tú puedes ser el esposo.

–¿De verdad?

–De verdad.

–Están en el sótano, junto a las escaleras.

–Creo que voy a ir a leer, Marina –dijo Danny.

–Sí –dijo Henry–, no estoy para juegos de niñas.

–¿Por favor? ¡Jugaré *kickbol* con ustedes en cuanto deje de llover! ¡No me importa si se me enloda toda la ropa!

Henry se encogió de hombros.

Danny vio una expresión de desamparo en la cara de Marina. En momentos como éste, sentía algo como amor por su prima. –Está bien, está bien.

–Eres genial, Danny. Tú también, Henry –dijo Marina, abrazando a sus primos uno después del otro.

–¡Pero sólo por una hora!

–¡Una hora!, repitió contenta.

*

–Hay que cenar primero, y luego leer un libro e irnos a dormir –dijo Marina, en cuanto la casa de cartón estuvo construida. Las divisiones de los cuartos cubrían el piso del cuarto del piano.

Los cuatro primos se sentaron con las piernas cruzadas en el comedor.

–¿Me pasas el pan, querido? –le dijo marina a Francisco. Estaba sentado junto a ella, junto al queso y un cuchillo, mordiendo grandes bocados del pan francés que se había robado de la panera de la cocina.

–Estoy comiendo.

–¡Eres un pésimo esposo!

—¿Por qué, Marina?; preguntó, aún masticando. Tenía migajas pegadas precariamente en la barbilla.

—¡Porque eres grosero! —entonó—. Tus hermanos —continuó, apuntando a sus primos—, me tratan mil veces mejor, podría tener un *affaire* con uno de ellos.

Henry y Danny se carcajearon ruidosamente.

—¿Qué es un *affaire*?, preguntó Francisco.

—Me iré con Henry o Danny. Como el tío Abie con la esposa de Roberto Perera. ¡Durmieron juntos!

—¿Quién te dijo eso?, preguntó Danny.

—Un pajarito.

—¿Y qué? —dijo Francisco—. Yo duermo con Marina.

—Eso es diferente, Muffin Man. Tú te pones pijama.

—¡Ya sé quién te dijo!, dijo Henry.

—¿Quién?

—Eso te gustaría saber.

—No tienes ni la menor idea, lo retó Marina.

—¡Fue la hermana de Tina!

—¿Quién?

—La chismosa. Tu madre. ¿Quién más?

—No, no fue ella, respondió Marina, agitada.

Henry se levantó, bruscamente. —¡Jura por Dios que no fue tu madre! ¡Odia al tío Abie!

—No tengo qué jurar por nada.

—Le voy a decir a mi mamá que la llamaste chismosa.

Henry recogió el cuchillo para el pan. —Si dices una palabra, Muffin Man, me meteré en tu cuarto una noche y te cortaré el cuello. Juro que lo haré. Y no vas a poder ni caminar ni hablar ni nada. ¿Entiendes?

—Estás asustando a Francisco, susurró Marina.

—No me importa.

Francisco miró a su primo. Por primera vez en su vida estaba oyendo algo que le decía alguien más. Sabía que Henry no estaba bromeando, no en esta ocasión.

—Me está dando sueño, dijo Danny.

—Ha sido un día largo, añadió Marina.

—¿Cómo vamos a dormir?

—Yo dormiré con mi esposo. Ustedes pueden dormir juntos en el otro cuarto.

Los primos se fueron a su cuarto de mentiritas, y se cubrieron con las cobijas y almohadas que habían quitado de sus camas.

Henry se quitó los zapatos. —Quisiera que dejara de llover.

—Yo también —dijo Danny, mientras se acurrucaba bajo su cobija—. ¿Henry?

—¿Sí?

—¿Por qué crees que la tía Alma siempre dice cosas malas sobre el tío Abie? Él nunca habla mal de ella.

Henry se encogió. —Creo que la vieja bruja está celosa. No le gustan los chistes de Abie. La avergüenzan.

—O quizá está enamorada de él.

—¿Cómo está eso, imbécil?

Danny se encogió de hombros. —No sé. Una vez oí que alguien dijo que el tío Abie y la tía Alma salían juntos.

–¡Caramba!

–Cállense –ordenó Marina, a través de la pared–. Es de noche. Los murciélagos ya salieron y la luna está brillando.

Henry se levantó. –¿Te quitaste la ropa, Marina?

Francisco dejó salir una risita. Marina se cubrió hasta la barbilla con la cobija y miró por encima de la pared. –¡Por supuesto que no!

–Quítate la ropa, Marina.

–Sí –dijo Francisco–. ¡Como cuando haces popó!

–¡Déjenme en paz! –gritó–. Ahora acuéstense. Son las dos de la mañana y estamos cansados de comer y leer.

Danny apoyó su barbilla en la pared. –No leímos nada.

–Por favor, Danny, vete a dormir.

Danny se recostó. La lluvia se estaba calmando; entraba luz al cuarto. Aún así, trató de dormir. Con los ojos cerrados, pensó en la playa Haulover de Miami, cómo las olas reventaban fuerte, y luego remolineaban en la pendiente de la playa. Siempre esparcían espuma y algas, y los cangrejos se escondían en la playa tan rápido que no podían verse. Los cangrejos invisibles; el sol caliente llenando todo de vapor.

–Tengo que orinar, dijo Henry.

–Yo también, rió Francisco.

–Duérmanse ya.

–No puedo dormir sin orinar.

–Pues orina.

–En nuestra casa, Marina.

–Voy a mojar los pantalones.

Henry golpeó con el codo a su hermano, que ya estaba despierto. –¿Muffin Man, por qué no vas y traes una olla de la cocina? ¡La podemos usar como escusado!

–No –dijo Marina–. A Tina no le gustaría eso.

–No le va a gustar este desorden tampoco... Además, esto no es una casa de verdad hasta que tenga escusado. Si no tenemos uno, bueno, pues ya no juego.

Antes de que Marina pudiera responder, Danny se levantó. –Voy por ella –salió del cuarto del piano de puntitas. Los otros niños se sentaron en silencio, esperando.

Danny regresó con una pequeña olla sobre su cabeza.

–Un aplauso para Rin Tin Tin –gritó Henry–. Pongan el escusado en la sala de estar. ¿Quién quiere hacer primero?

–Henry, esto no me gusta –dijo Marina, preocupada por el giro de vida real que había tomado el juego.

–Yo no, dijo Danny.

–Te reto, dijo su hermano.

–Y yo te reto de vuelta.

–Los dobles retos van primero.

–¿Me dejarás jugar con tu yo-yo?

–Sólo por una hora.

–Trato hecho.

Henry se paró y se dirigió a la sala de estar. Se bajó el cierre, se arrodilló. Puso su pene sobre la fría orilla de la olla, y orinó. La olla se bamboleaba. Henry tuvo que usar su mano libre para evitar que se volteara. Cuando terminó, regresó con los otros. Danny le dio una palmada en la espalda. –Bien hecho, Colón.

–¡Gracias, gracias!; Henry hizo reverencias hacia todos.

Marina se escondió más profundo bajo su cobija. –No voy a tener nada que ver con esto.

–Vamos, Marina –presionó Henry–. Es tu turno.

–Estás loco. Sabes que me tengo que sentar para orinar.

–Yo voy, se ofreció Danny de voluntario. Antes de que se fuera, su hermano le advirtió que tendría que sostener la olla. Danny asintió.

Cuando regresó, Henry estaba emocionado. –Tu turno, Muffin Man –la cabeza rizada de Francisco miró hacia el cuarto de sus primos. Estaban recostados sobre sus cobijas como soldados, después de una escaramuza difícil pero victoriosa.

–¿Es seguro?, preguntó Francisco.

–Por supuesto, zoquete –dijo Henry–. Sólo apúntale al escusado y déjala ir.

Marina tocó el brazo de su hermano. –Ten cuidado.

Francisco retomó el camino a través de las cajas. La olla estaba llena a más de la mitad. Era demasiado pequeño para arrodillarse, así que tuvo qué orinar parado. Dejó salir un pequeño chorro. La olla se tambaleó. Francisco se agachó a sostenerla, pero en vez de hacerlo, la pateó y la volteó.

–¡Marina!

–¡Ahora sí la hiciste!, maldijo su hermana. Trató de alejar las cajas de cartón y las cobijas del líquido que se esparcía. Danny y Henry, mientras tanto, se habían puesto de pie. Se abrazaron y comenzaron a cantar a todo volumen.

Oh, do you know the Muffin Man,
The Muffin Man, the Muffin Man,
Oh, do you know the Muffin Man,
Who lives in Drury Lane.

–¡Levanten las almohadas! –Marina les gritó. Cuando se movieron lentamente, añadió enojada–: ¡Tina va a estar furiosa!

Francisco estaba de pie en la sala de estar, llorando. No estaba seguro de por qué lloraba. Entonces, Tina apareció en la puerta. –¿Qué hiciste? Respóndeme.

Francisco volteó a verla hacia arriba. Trató de hablar, pero las palabras se atoraron en su garganta, que se estrechaba. Lo único que pudo hacer fue dar pequeños grititos como chillidos de ratón.

Tina olisqueó el aire. –¿Qué es lo que huelo?

–Pipí, dijo Henry.

–¿Qué hace aquí?

–Estábamos jugando a la casita y usamos una olla como escusado. Luego se volteó la olla. Estaba llena de pipí.

Tina miró hostilmente a los niños. –¿Quién es el culpable de esto?

–¡Fue el Muffin Man!; gritó Henry, con voz fuerte y segura. A menudo era la víctima de la furia de Tina, pero no hoy. Era un juego ver cuánto podían presionarla antes de que su mano amenazadora bajara. Habían decidido –Danny y Marina lo habían decidido en silencio– que este día le tocaba sufrir a Francisco.

Tina bajó la plancha de carbón que había estado sosteniendo y se acercó a donde estaba parado Francisco. Una gran V se le arrugaba en la frente. Lo levantó de la camisa y con su pezuña libre lo abofeteó en la cara.

Aturdido por un segundo, Francisco miró por todo el cuarto. Cuando vio que nadie se compadeció de él, comenzó a berrear.

–Cállate, advirtió Marina, consciente de cómo el llanto le molestaba a Tina.

Su advertencia llegó demasiado tarde. –¡No puedo trabajar así! –Tina dejó caer a Francisco y luego lo arrastró fuera del cuarto del piano jalándolo de la muñeca–. ¡Te dije que te iba a poner un vestido de Marina, y voy a cumplir mi palabra!

El llanto de Francisco podía escucharse mucho tiempo después de que lo habían sacado del cuarto. Marina se acercó a la ventana, esquivando con indiferencia el charco en el piso de parquet. Sus primos caminaron detrás de ella. Miró hacia afuera, y volteó con ojos brillantes. –Ya salió el sol. Y miren qué más.

Danny y Henry vieron el arco iris, arqueándose por encima de los eucaliptos. Contra la luz del sol y el fondo que formaban las nubes grises, el listón de colores brillaba y bailaba. Danny sintió ganas de abrazar a Marina, y recordó el triángulo de suave pelusa de su prima a la que había espiado hacía sólo una semana a través de la mirilla de la puerta del baño. –Podemos jugar *kickbol* en el patio; dijo, sólo para decir algo.

–No, no podemos –dijo Henry–. El pasto está mojado y Farouk nos enlodaría.

—Eso te gustaría, lo molestó Marina.

—Estás loca. Tina me daría una paliza.

—La terrible Tina —suspiró Marina—. Nunca la he visto tan enojada.

—Pobre Muffin Man, dijo Danny.

—Tina le va a arrancar las uñas, verás.

—El bebito se lo merece —Marina se sorprendió de su propia crueldad.

Tina regresó con Francisco. Traía puesto el viejo vestido yumper azul de su hermana, que a ella ya no le quedaba desde hacía meses: llevaba un listón azul a juego anudado a su cabello trenzado. Su camisa de algodón estaba hecha bola en su mano izquierda.

Tina empujó a Francisco hacia la orilla del charco. —Híncate y comienza a secarlo.

—Pero Tina...

—Ni una palabra. ¿Me oyes? —empezó a doblar las cajas—. Las llevaré abajo. No sé por qué su padre tiene qué traer esta basura a casa.

—¿Podemos salir a jugar?, sonó la voz de Marina.

Tina miró a los tres primos, apiñados. —Marina, no quiero que tu madre se entere de nada de esto.

—Sí.

—Y que tus primos tampoco digan nada.

Henry y Danny asintieron.

Marina les dio un codazo a sus primos y huyó. —¡A que no llegan a los columpios antes que yo!

—¡No es justo, Marina, tienes ventaja!

—Pero sus piernas son más largas, torpes.

Los tres niños se apresuraron a salir del cuarto, jalándose y empujándose.

En el suelo, Francisco esperaba. Estaba pensando en su madre, esperando poder escapar.

—Ponte a trabajar, ¡ahora!

El niñito agarró con más fuerza su camisa, y la puso sobre la orina. Cuando la camisa no podía absorber más, la exprimió en la olla. Francisco se concentraba en lo que estaba haciendo, casi como si no le importara la tarea. Sólo tenía un pensamiento que lo taladraba, que lo hacía sacudirse: quién era el Muffin Man y por qué la canción lo hacía llorar.

Traducido por Héctor y Víctor Ortiz.

SHABBAT SHALOM

Para Felipe, mi hermano

Abuela le decía a Abuelo que eran las 7:45 cuando en realidad eran las 8:15, así llegábamos a la sinagoga siempre a mitad de la lectura matinal sabatina de la Jaftará. Esto lo hacía por nosotros, pues sabía que poco entendíamos del acto ceremonial y que nos resultaba aburrido pasarnos los sábados por la mañana oyendo a unos viejos elevar plegarias en hebreo. Doña Sofía era la esposa obediente a su esposo, pero en verano, que pasábamos seis semanas con ellos, había otras prioridades: Henry y yo podíamos dormir hasta las siete y Joaquín el chofer tenía derecho a un pan francés con café antes del viaje matinal sabatino en carro a la sinagoga. De no estar Abuelo casi ciego, ella misma (por paralítica que estuviese) se hubiera trepado a una escalera arrastrando la pierna mala para cambiarle la hora al reloj que colgaba arriba del armario de la sala, sólo por darnos el gusto.

A la sazón, en 1963, la Maguén David era la única sinagoga en Guatemala. La entrada de la Séptima Avenida la pregonaban dos grandes leones de bronce que atisbaban alertas desde unas planchas de granito a los laterales del portón de entrada. Cuando estábamos más chiquitos, mientras chismeaban los adultos durante el desayuno de kíddish después de la liturgia, nos trepábamos en ellos para jugar Rey de la Montaña. Eso estuvo divertido hasta el día que Jaime Sultán voló de un león a otro y chocó contra una pata. Saldo: dos dientes.

La puerta giratoria de entrada a la sinagoga era tan pesada que Henry y yo teníamos que agarrar impulso para empujarla y abrirla. Ya adentro, nos envolvía una cortina azul vieja y mohosa, como para recalcar lo difícil que era congraciarse con Adonai. La sinagoga era enorme y fresca, como me imaginaba yo un granero, sólo que pintada toda de blanco y con la luz del sol colándose en haces por las dos estrellas multicolor de David en el flanco oriental que bañaban el piso de mármol con un remolino de colores. A la derecha, pegadito a la entrada, estaba la pequeña sección para las mujeres y más adelante, a ambos flancos de la bimá, se sentaban los hombres. Cada familia tenía sus puestos reservados identificados con placas de bronce que los ancianos insistían había que comprar. Estos asientos eran duros como las bancas de los enlutados que oficiaban el septenario de Shivá para los muertos. Créanme, después de tres horas de hebreo casi sin parar, terminábamos con el fondillo resentido.

La liturgia, al igual que las últimas semanas de escuela, era de nunca acabar. A Henry y a mí de hecho se nos hacía que los viejos tramaban para alargar las oraciones tan sólo para poner a prueba los límites de nuestra paciencia. Como no leíamos hebreo, le clavábamos la mirada en blanco durante horas al libro de oraciones que Abuelo se había memorizado antes de perder la vista. Se ponía de pie Don Samuel, nos poníamos de pie nosotros: volvía a sentarse Don Samuel, nosotros también. Don Samuel el judío devoto fumaba como chimenea pero jamás los sábados, ni que lo quemaran las ganas por dentro.

Cuando le tocaba leer desde la bimá, Henry y yo lo acompañábamos henchidos de orgullo cuando subía las escalinatas, y nos quedábamos parados fielmente a su lado hasta que terminara de recitar las plegarias. El único ejercicio adicional que hacíamos era cuando Alfredo Cohen cargaba la Torá desde la bimá de vuelta al arca, ahí ya podíamos movernos de nuestros puestos para besar los pergaminos sagrados con los flecos tzitzit del talit.

Haham Musan, hombre de físico tubular y con un tumor del tamaño de una semilla de durazno en la frente, era el dirigente espiritual de nuestra congregación. La lengua le entraba y salía de la boca cien veces durante la liturgia, que oficiaba de forma dictatorial pese a que ni siquiera era rabino con ordenación. Él decidía quién podía leer de la Torá y por cuánto tiempo y esto, sospechábamos, lo determinaba el monto del aporte económico a la sinagoga. La esposa de Haham, igual de controladora, decidía cuándo y dónde se llevarían a cabo el té y juegos de naipe de las mujeres. También era memorable, por lo menos para nosotros, pues jurábamos que ella mandaba en el comité auxiliar de mujeres porque tenía los pechos mucho más grandes que las demás. Henry y yo nos fijábamos en estas cosas. Sin exagerar, tenía cada pecho del tamaño de la cabeza de Alfredo Cohen.

Haham siempre daba el sermón en español, con lo que se esperaría que hubiera sido más interesante porque nosotros pues al menos entendíamos el idioma. Para nada. Primero, el hombre siempre fustigaba de entrada a aquellos judíos que abrían sus almacenes el sábado por la mañana en vez de venir a orar.

—Dice la Torá que al séptimo día Adonai descansó.

Pero sus comentarios de nada servían: estaba predicándole a los devotos, a personas que sí cerraban sus almacenes. ¿Qué, pensaba acaso que Marcos Yarhi iba a decirle a Bernardo Berkowitz que no abriera su almacén de juguetes el sábado? Y como el mismo Musan vendía telas al por mayor y el sábado era el mejor día de ventas, proclamaba que el comercio sí se permitía después del mediodía:

—Dios es práctico. Quiere que los judíos tengan éxito, no que fracasen.

Luego citaba una carta que había recibido del Alto Rabino de Alepo en 1948 que respaldaba su teoría. Abuelo rezongaba durante esta parte del sermón, sabiendo muy bien que era un invento más del haham.

Los sermones del haham tocaban todos los grandes preceptos del judaísmo: la necesidad de ser honrado y franco, la importancia de los mitzvaot, la santidad de los pactos y los diez mandamientos, etc., etc., etc., todo pronunciado de la forma más generalizada, sin humor y sin revelaciones profundas. A veces mencionaba a los indígenas (un sesenta por ciento de la población guatemalteca) y hacía hincapié en la necesidad de ser atentos con ellos, de tratarlos con afecto familiar, en particular muchachas y jardineros:

—Estamos obligados a velar por sus hijos, a asegurarnos que estén sanos y reciban buena formación.

*

Tío Abie se aparecía como a las 10:00 a.m. todos los sábados, antes de comenzar el sermón, con una sonrisa de oreja a oreja. Se cubría los ojos con el talit, entonaba la bendición a viva voz, luego se envolvía los hombros con él como capa. Haham se hacía que no lo notaba, pero siempre miraba hacia el lado nuestro de la bimá cuando la voz del tío Abie recitaba las plegarias con una pasión tal que ascendía hasta topar con el cielo falso abovedado de la sinagoga. Qué tiene que anduviera con los ojos rojos y las capilares saltadas, que se hubiera pasado casi toda la noche del viernes chupando y cogiendo. Y no con la esposa, eso seguro.

Terminado el sermón, este arrepentido judío acompañaba ceremoniosamente a su padre a la planta baja para el kíddish y desayuno. En cuanto depositaba a Don Samuel cerca de la copa de vino, se iba de gira por el salón de desayuno para desearle Shabbat Shalom a todo mundo. Despuesito se apaleaba unos cuantos sambusak de queso, venía adonde nosotros y decía algo así:

—Hola, patojos. Por las sonrisas que traen todos, como que me habré perdido uno de los chistes de Haham.

Si nos encogíamos de hombros, decía:

—¿O sea que Musan no les explicó cómo fue qué se le pusieron tan grandes los pechos a la esposa?

Le encantaba arrancarnos la carcajada.

Y si yo decía algo así como: —Pensábamos que usted iba a venir anoche para la cena de Shabbat. Abuela le hizo una sopa especial de jamad —él ripostaba:

—Anoche tuve negocios importantes que atender.

Si Henry le devolvía la broma y le decía: —Sí, una cita seria en Puerto Barrios —la sonrisa se le esfumaba al tío Abie y el blanco de los ojos se le ponía amarillo.

—Uds., patojos, no respetan nada —decía con la voz alicaída, y quedaba auténticamente resentido.

*

Un sábado en agosto el tío Abie nos dio cinco quetzales a cada uno en las escalinatas de la sinagoga.

—Para que no le vayan a decir a su mamá que sólo tío Aarón les da pisto.

—Ala púchis, gracias tío Abie —dije yo, embutiéndome el billete en el bolsillo delantero derecho—. Tío Aarón sólo nos da veinticinco centavos a la semana.

–No me digás –contestó, sabiendo bien que de un macanazo había barrido con el hermano–. Ustedes tienen que recordar, patojos, que él también le da dinero a sus cuatro hijos.

–Esto me lo gasto en la feria –dijo Henry, pero antes de que pudiera guardarse el billete, el tío Abie se lo atenazó–. Nada de juegos de azar, Henry. Este pisto es para comida y atracciones.

–Pero tío Abie, el carrusel es para mocosos.

–A mí no me importa. Es Shabbat. Si me doy cuenta que anduvieron jugando la tragamonedas o la ruleta en la feria no les vuelvo a hablar. ¡Va en serio!

–Pero usted mismo...

–No quiero tocar el tema, Henry.

Claro que no quería tocar el tema. Era bien conocido en la comunidad judía, pues Lonia, la esposa de Aarón, se había encargado de que todo mundo lo supiera, que el año anterior tío Abie había pasado una semana en la cárcel por incurrir en una deuda de más de mil quetzales con los locatarios de la feria. El tío Aarón lo había sacado del apuro, y se rumoraba que no era la primera vez. Tío Abie: el dinero, las mujeres se le escurrían de las manos. Ciertamente no quería ningún sobrino depravado, y menos en Shabbat.

*

Esa tarde cuando los abuelos echaban la siesta Henry y yo salimos de casa en puntillas para el hipódromo donde estaba la feria. Estábamos montados en la camioneta y faltaban varias cuadras todavía cuando la boca se nos hizo agua con el aroma de la comida caliente. Tacos de cerdo ("¡a dos por cinco tostaditos y bañados con salsa de tomate!"). Paches, los tamales de papa. Nos cansamos de esperar, nos bajamos de la camioneta en la avenida Simeón Cañas y corrimos para el pasadizo con cortina metálica que marcaba la entrada a la feria. Había vendedores por todas partes vendiendo comida, chunches de todo tipo, artesanías indígenas, trenzas de azúcar, frutas espolvoreadas de azúcar, roscas, y mis favoritas, las canillas de leche.

—Vamos donde los rifles –dijo Henry, en lo que parábamos donde un vendedor a comprarle unos tacos que nos atoramos casi sin respirar antes de llegar al puesto de los rifles.

El objetivo del juego era sencillo: uno le disparaba con rifles de balines a cientos de bombillas quemadas, con los casquillos ensangüichados a presión entre clavos en una tabla de madera con agujeros. Si uno quebraba la bombilla disparándole, se llevaba un premio, siempre y cuando el casquillo tuviera un punto de color. A veces pasábamos por la parte de atrás de los puestos para espiar qué casquillos estaban marcados si es que andábamos de suerte, pero nunca ganamos nada de valor.

Henry comenzó a disparar a granel, a cinco len el disparo. A los diez disparos lo único que le había sacado a su inversión de cincuenta len era un vaso pintado, por darle a una bombilla con punto amarillo. Me tocó a mí y me saqué un punto verde: una lupa de plástico.

—¿Por qué no ve si rompe el cáñamo donde guinda la botella de vino esa? Si lo rompe es suya —dijo el dependiente. La botella caería amortiguada sobre un colchón de aserrín.

—Para nada —dijo Henry—, estos rifles tienen la mira desajustada que no le das ni al culo de una vaca a tres metros de distancia, y ninguno de estos casquillos trae premio de los buenos. Yo sólo vasos gano.

—¿Y usted qué sabe?; preguntó el dependiente.

—Yo sé lo que veo.

El dependiente metió la mano debajo del mostrador. —Por cierto ayer una mujer le dio a esta bombilla —dijo, mostrándonos un casquillo con punto rojo— y se ganó un reloj suizo hecho en El Salvador. Y por la mañana un policía se ganó un reloj con correa de metal auténtica así que mejor mídase las palabras que puedo llamar al policía que vuelva para probarlo.

Henry podía ser arrogante. —Estoy seguro de que el chonte ese es tu tío —contestó, y se alejó riéndose—. ¿Para adónde agarramos, bols'e'cuca?; me preguntó.

—¿Querés jugar a los cuyos?

—No tenemos tiempo —dijo Henry. Aludía al juego donde uno tenía que predecir a cuál de veinte casillas entraría un roedor. En este juego los premios ya eran de mayor consideración: seis vasos, una sartén, una cafetera de peltre. El operario soltaba el cuyo en el centro de un círculo y éste se ponía a olfatear por ahí hasta que encontraba un agujero que le gustaba. La maña consistía en que el operario escogía el cuyo ya hechas todas las apuestas y sabiendo de antemano qué agujero —el que no tenía apuestas hechas claro está– era el predilecto del cuyo. Cambiaba los cuyos constantemente para despistar al público, pero si uno se quedaba y observaba atento, podía descifrar qué cuyo agarraba para dónde. De esa forma le habíamos equipado la cocina a Abuela con ollas y sartenes de peltre.

–Vamos a jugar ruleta.

–Henry, ya oíste lo que dijo tío Abie.

–No se va a dar cuenta a menos que me soplés.

–Bien sabés que no le voy a decir.

–Ahí'stá mi bols'e'cuca.

La rueda de la ruleta era un juego de azar a las claras. Por un quetzal escogías un número y si el dardo le daba al número, te ganabas 30 quetzales. Había 36 números colorados en total y ya hechas las apuestas, se hacía girar la rueda y se lanzaba un dardo.

–Escojo la ocho y la veintitrés –dijo Henry, y le dio dos quetzales al dependiente, que le colocó unas fichas azules a esos números.

–Eso es casi la mitad de tu pisto.

–Hey, bols'e'cuca, quien no apuesta no gana. ¿Vos vas a jugar?

Me saqué un quetzal y escogí el número quince.

Unas diez gentes más pusieron apuestas. Lógicamente, ninguno seleccionó el número ganador. Nadie, ni siquiera el tío Abie, había descifrado la trampa que nos hacían, aunque la rueda como que tenía unos rasguños raros en los puntos cardinales.

–'Jueputa, dije.

Henry pateó la pared del puesto. Trampa, *man*.

–¿Y cómo es que tío Abie se ganó doscientos quetzales la otra noche?

–Él no juega este juego mierdero, se mete a la carpa a jugar póquer. Tenés que tener dieciocho años para entrar, y ahí no hacen trampa. O al menos el tío Abie no cree que hagan.

–Por eso el hombre es tremendo ganador.

Comenzó a lloviznar. Pasamos al puesto de venta de comidas y pedimos atol de elote.

–¿Qué hacemos ahora? –pregunté, soplando el vaso antes de tomarme el primer sorbo.

Henry se había gastado todo el dinero, a mí me quedaban dos quetzales. –¿Y qué tal la ruleta?, preguntó.

Le pegué el segundo sorbo a mi atol. –No quiero gastarme todo el pisto. Pensé que podíamos ir a ver *De Rusia con amor* en el cine Reforma.

–Sí, pues. Bueno, yo creo que podemos conseguir pisto para eso con los abuelos, si de todas formas yo mañana cumplo. Volémonos eso ya.

–Ve qué cómodo, si el dinero es mío.

–Dale, bols'e'cuca, de haber ganado yo en la ruleta bien sabés que te hubiera dado algo de mis ganancias.

Me tomé lo que quedaba de mi atol, dejando que los granos me bajaran enteros por la garganta. –Siempre decís eso cuando perdés.

–Danny, sos egoísta.

–No soy.

–Sí sos.

Negué con la cabeza. –Ya son las cuatro. Abuela y Abuelito van a estar despiertos y preocupados. Además, está lloviendo más duro ahora.

–No seas culero.

Henry sabía escoger las palabras. Para mí era bastante fácil decir que no, pero siempre que él me retaba mi hombría, yo como que perdía la voluntad de resistir: su cuyo adiestrado.

Pasamos a la rueda, que estaba dividida en nueve segmentos y giraba acostada. Unos clavos separaban los compartimientos de colores, cada cual con su premio: un vaso, una navaja suiza, unos naipes, una barra de jabón, un billete de a cinco quetzales, un peine (a veces), y los dos premios mayores: una botella de vino y un reloj. Una plumita acariciaba los clavos y determinaba el color ganador. En una ocasión un hombre se ganó un reloj y quedamos convencidos de que era socio del operario porque no importaba cuántos colores cubriéramos, la pluma siempre paraba en la barra de jabón.

–¿Usted qué quiere?; preguntó el operario del juego cuando nos acercábamos. Tenía una su carita que hacía muecas nerviosas con sus dientecitos puntudos de rata. Llevaba una camisa blanca manga corta con el cuello color café que se le pegaba a la piel donde le habían caído gotas de lluvia.

–Queremos jugar –dijo Henry, secándose la lluvia de la cara con la camisa.

–¿Los dos?

–No, sólo uno.

–Es a quetzal por vuelta.

–¡Mucho pisto, si el año pasado costaba cincuenta len!

–Si puede conseguirse otros cinco que jueguen, le bajo el precio. Si no, siempre salgo perdiendo. O pueden esperar más jugadores.

Esperamos un rato, pero como ahora caía un aguacero y poca gente caminaba por ahí, Henry perdió la paciencia y me dijo: –Dale el quetzal o vamos a estar aquí toda la tarde.

Me saqué el dinero, el dependiente lo agarró y le dio una empujada suave a la ruleta. Los objetos comenzaron a girar pero no tan rápido como para que yo no pudiera ver qué eran. A la tercera vuelta, la rueda comenzó a bajar de velocidad y ya yo podía distinguir los objetos que pasaban por el apuntador pluma. El dependiente de repente puso las manos en la mesa y echó una mirada indiferente a su alrededor.

La rueda estaba por parar cuando Henry gritó: –El reloj, el reloj, te ganaste el reloj, bols'e'cuca.

En ese momento la rueda se paró prematuramente, en el gajo antes del reloj. Me había ganado un peine, el cuarto del verano.

–¡Increíble! Henry, yo como que me había ganado el reloj.

–Puta, yo también.

El dependiente suspiró aliviado y dijo: –Buen intento, patojos. ¿Quieren otra vuelta?

–Claro –le dijo Henry al hombre, y luego a mí me dijo en inglés–: ¿Viste lo que hizo?

–Perdimos, Henry.

–Nos hizo la pasada del tonto, man. ¿No viste que después de empujar la rueda puso las manos sobre la mesa? Estaba por parar en el reloj y el ishto ése se apoyó en la mesa duro y la rueda ahí nomás se paró. Ya lo voy a joder, mirá.

Volvimos a esperar un ratito pero no llegó nadie más a jugar.

–Última llamada –gritó el dependiente, y le dio una empujada pareja a la rueda. Cuando éste puso las palmas sobre la mesa a la segunda vuelta, Henry le gritó:

–Quitalas de ahí, quitá las manos.

–¿Que qué?

–¡Que no pongás las manos en la mesa!

–¿Y qué le pasa a usted?

Henry le acercó la cara al operario. –Vos apretás la mesa para que la rueda pare exactamente donde querés que pare.

–¿Me está acusando de hacer trampa?

–Sólo quiero que no pongás las manos en la mesa.

–O si no, nosotros podemos poner las manos en la mesa, también; puse mis dos centavos.

–Sí –dijo Henry, respaldándome. Nosotros podíamos también ser cómplices a veces.

El operario nos echó la mirada a cada uno. Tenía la cara que era una sola arrugadera, como una bolsa de papel café empapada. Levantó las manos y se las amarró detrás de la espalda.

La rueda bajó de velocidad por cuenta propia hasta parar en la botella de vino.

–¡Ganamos, ganamos, ganamos!

–Chiripa –carraspeó el operario, dándonos la botella–. Se me van los dos de aquí. Traten de volver y llamo los chontes. Están muy patojos para este juego; me espantan la gente y no vienen a jugar. Llévense la botella y záfense, pues.

Henry y yo nos pusimos a celebrar, él con su vaso, yo con mi botella de vino.

—¿Qué hacemos con el vino?

—Se lo damos a Abuelito para el kíddish la semana entrante.

Caían las cinco de la tarde. Íbamos empapados hasta los huesos y además con una hora de retraso. Nos montamos en la camioneta 7 de vuelta a casa, nos bajamos en la Sexta Avenida y corrimos hasta allá. Abriendo la puerta del garaje nos cae encima el tío Abie.

—¿Dónde han estado ustedes dos? —preguntó con el ceño fruncido—. Don Samuel me llamó que viniera de tan preocupado que estaba por ustedes.

—Usted sabe bien que fuimos a la feria, tío Abie. Tenga, esto es para usted —dijo Henry, dándole mi botella de vino.

— ¿En juegos de azar andaban, verdad? Después de que les dije que no lo hicieran. Me dieron palabra de honor y la violaron el día de Shabbat.

—Si no jugamos, comenzó Henry.

—Güevos que no. Ustedes jugaron tragamonedas, ruleta, y se ganaron esta botella de vino barato apostando a los cuyos.

—A los cuyos no, a la ruleta —dije, sin poder frenarme.

—Ajá. Y vos, Henry, induciendo a Danny estoy seguro.

—¡Yo no hice nada! —replicó, mirándome a mí como si lo hubiera traicionado.

El tío Abie nos repartió sendas palmadas en la nuca. –¡Se me van para sus cuartos y se me cambian! No sólo están castigados por una semana. Jamás les vuelvo a hablar a ninguno de los dos.

Henry y yo nos alejamos. –La zurraste, bols'e-cuca.

–¿Yo? La idea fue tuya, no mía.

–Si no es por mí no ganás nada vos...

–Sí, y no nos hubiéramos metido en camisa de once varas.

El resentimiento y la ira le quemaban los ojos a Henry. –Siempre la zurrás, ¿sabés, Danny? Vos y esa tu trompota de mierda!

Traducido por Walter Krochmal.

AL BATE

–¿A qué hora es el partido, Danny?

El patojo baja la sección de deportes del *Miami Herald*.

–A las dos de la tarde, mamá. En punto.

Su madre estaba doblando una toalla amarilla de algodón.

–¿Cómo voy a encontrar la cancha?

–Vamos a jugar detrás de la piscina municipal. Los diamantes que están junto a West 2nd Avenue.

–Bien, estoy segura que podré preguntar una vez esté allí –pone la toalla doblada sobre la mesa de la cocina y saca el uniforme de béisbol de su hijo de la canasta de mimbre–. ¿Quieres que te lo planche?

Danny la mira por encima del marco marrón de sus gafas. Las raíces de su pelo se han tornado grises y ¿es que acaso no sabe que los Bulldogs nunca planchan sus uniformes?

–No –dice mientras agarra el traje verde y blanco de algodón de sus manos–. Así está bien.

Su párpado izquierdo comienza a moverse nerviosamente. No está nervioso por el partido. Le preocupa que vaya su madre. O más bien, que llegue. Bastante tiene, ya, con que a su padre no le interesan los deportes en lo más mínimo. Su madre ya le ha prometido dos veces que vendría a verlo jugar pero ambas veces no llegó: una vez Henry se torció el tobillo jugando fútbol en el lote vacío de la calle 58 y ella tuvo que llevarlo a hacerse radiografías. La segunda vez estaba haciendo la siesta y bueno, durmió más de la cuenta. A las dos de la tarde un sábado, las madres tienen derecho a dormir de más, sobre todo si trabajan toda la semana, van de compras, llegan a casa y cocinan la cena.

Danny se siente desilusionado, pero es un experto en razonar las cosas.

Siempre es igual, pensó Danny, recordando aquel poema de Amy Lowell que la Sra. Jiser les leyó un día en la escuela. Su madre había faltado a los grandes eventos de su vida: el día en que había recitado el Pledge of Allegiance por el altavoz del colegio. Ella había querido estar presente, pero justo ese día su jefe la necesitaba para un dictado que duró todo el día. O la asamblea del viernes en la que había recibido el premio del sexto grado en matemáticas.

Ahora éste es el último juego de la temporada. Los Bulldogs juegan contra los Eagles por el indiscutible honor de ocupar el segundo lugar. Los Thunderbirds ya se llevaron el título de campeones de la liga Khoury. Para los Bulldogs, una victoria significa un trofeo de plata para cada jugador y una fiesta de pizza y Coca-Cola en Mansene's.

Danny va a su habitación. Antes de vestirse, se lleva el uniforme a la nariz y aspira profundamente su olor. Le encanta cómo huele, ese olor a madera quemada que suele tener el algodón cuando se seca al sol. Los uniformes son suaves y están cubiertos de un mar de bolitas. Le da la vuelta al suyo y detrás, escrito en grandes letras verdes, está el nombre que adora: The Bulldogs. Nada romántico. Pero es en ese nombre que Danny Caston encuentra su gloria.

Entra su hermano Henry.

—¿Qué hay, cerote?

—Todo bien —dice Danny, poniendo su uniforme sobre la cama.

—El juego de hoy, es importante, ¿no? —Henry se sienta en el borde de la cama.

—Sí, ¿puedes venir?

—Me hubiera encantado, pero Mealy me invitó a su casa a ver el partido de los Medias Blancas contra los Yankees. Es posible que luego vayamos a nadar a la laguna. Hey, ¿sabes cómo quedó el marcador final del partido de anoche?

—Te quedaste dormido, ¿eh?

—Seguro. Y el marcador no estaba en el periódico de hoy.

—Ganaron los Yankees.

—¡Qué bien! —Henry dio un salto de celebración.

—Tuvieron suerte. Mantle anotó un jonrón con Boyer y Richardson en bases.

—¡El Mick! ¿Y Whitey marcó la victoria?

–Sí, permitió solamente tres *hits*. Ponchó a seis. También ganaron los Dodgers.

–¿Koufax?

–Sandy ponchó a trece.

–Jamás alcanzarán a los Gigantes con Mays elevándolos.

–Ya veremos –dice Danny. Intenta recordar cómo fue que él llegó a convertirse en fanático de los Dodgers mientras su hermano iba por los Yankees. ¿Fue cuando los Dodgers aún estaban en Brooklyn? A Henry le gustaban los Yankees, ¿a quién no? Nunca perdían. Entonces, para ser diferente, había elegido a aquellos holgazanes. Pee Wee, Campy, Carl y el Duke.

Es gracioso, piensa Danny, cómo a los Dodgers los llama por su nombre, mientras que a todos los demás jugadores de béisbol les dice por el apellido. Henry también obedece a la misma regla. Les dice por el nombre, como si todos los Dodgers fueran grandes amigos suyos.

A Danny le gustan los Yankees –Berra, Kubek, Maris, todo el tinglado–. Pero es difícil que le guste lo mismo que a Henry. Entre hermanos hay que estar en desacuerdo. Además, a Danny es más fácil que le gusten los Dodgers porque es judío, y Koufax también: se niega a lanzar el día de Yom Kippur. Danny no conoce a ninguna persona de color, excepto los chicos que venden tomates de puerta a puerta los sábados, pero sabe que Mays es para ellos lo que Koufax es para él. Un héroe. Alguien que había salido triunfante, en contra de todo pronóstico. Alguien que defiende lo que piensa. Jesse Owen. Satch Paige.

–Hoy vas a jugar al lado derecho, ¿no?

–Es donde me ha puesto Coach Kram.

–Caston "el del hueco en el guante"... ¿estás nervioso?

Danny deja escapar la verdad.

–Mamá dijo que vendría.

–No cuentes con ello, cerote.

Danny se ajusta las gafas.

–¿Qué quieres decir?

–Primero tiene que ir de compras a Shell City.

–Lo sé.

–¿Entonces crees que va a ir a un juego con el auto lleno de compras? Ni lo sueñes.

–Dejará las compras en casa. Papá le ayudará.

–Sí, claro. Papá... –respondió Henry.

Papá tiene sesenta y cuatro años. Usa una brocha para afeitarse, cuando está en casa se pone un gorro de tela para mantenerse el pelo aplastado, y sólo compra zapatos Bally. El piso de su ropero está cubierto de hormas de zapatos. No trabaja, no conduce, no sabe nada de fútbol o beis.

Danny está enfadado con él. Papá piensa que Danny golpeó a Michael Eikenberry por haber dicho que su padre era un "judío sucio".

–Por esto me fui de Alemania –había dicho papá cuando lo llamaron al colegio y se enteró que Danny había sido suspendido por tres días. La verdad era que Eikenberry se había burlado de Papá por estar siempre en casa. –Caston, tu padre no es más que un vago perezoso.

Danny quiere que Papá se consiga un trabajo, que no sea tan putamente ético con sus jefes. Está cansado de escribir "Retirado" junto al nombre de Papá en los formularios del colegio.

Por un instante, Danny se ve a sí mismo lanzándole a Eikenberry una bola a la altura del pecho. Eikenberry le da un golpe fuerte a la vieja Spaulding y sale volando en línea recta por encima de la cabeza de Danny. Pero Papá se desliza hacia segunda, levanta el guante y atrapa la raya. Se sacude el polvo del uniforme, escupe un trozo de tabaco al aire y gruñe: –¡Chúpate ésta, Kraut! ¡Idiota antisemita!

Pero es sólo uno más de los sueños tontos de Danny. Papá sabe de ópera alemana, de Heine, pero no de béisbol. Henry se apoya sobre su cama y envuelve una toalla alrededor de su traje de baño.

–¿Cuál es tu promedio, cerote?

–.403.

Henry da un silbido.

–Tú y el Gran Ted.

–Eso –dice Danny. Ted Williams. Esto es lo más cercano que Henry ha estado de hacerle un elogio. Danny comienza a ponerse el uniforme. Le queda apretado, sobre todo alrededor de los hombros. Desearía que las mangas le llegaran más abajo de los bíceps, pero no, le llegan justo a donde le crecen los pelos de la axila. Se pone sus Keds, las suelas están tan gastadas que las piedrecitas se le entran hasta los calcetines. Quisiera que sus padres tuvieran el dinero para comprarle zapatillas de cuero, ganchos que se agarran tan fuertes al suelo que te sientes anclado.

–Sólo jonrones, cerote –dice Henry y sale corriendo de la habitación.

*

Van ocho entradas y el juego está empatado 4-4. Después de ocho años de faltar a los lanzamientos de los chicos mayores, Danny por fin está con los de su edad: está a dos por dos con una base por bolas. Ahora está haciendo lo que el periódico local llamaría "proporcionando los hits".

En la primera mitad de la novena entrada, los Bulldogs al bate, Larry Simmons lleva la ventaja con un dobletazo al jardín central izquierdo. Bruce Kram, el hijo del entrenador, envía una línea a segunda y Larry por poco está casi en doble matanza.

Le toca el turno a Danny. Como es zurdo, mira por encima de su hombro derecho para ver al entrenador, quien, de pie junto a la caja de bateo, le hace señas –tres veces– a su bateador más fiable para que haga un toque. Como si una vez no fuera suficiente. Danny no logra comprender la lógica del entrenador, pero siempre ha sido bueno para seguir instrucciones. Danny deja pasar el primer lanzamiento, como de costumbre, y el árbitro anuncia un *strike*. En el siguiente lanzamiento, una bola rápida, alta y en la esquina de adentro, Danny se cuadra para pegarle y la arrastra hacia primera. La bola se mueve para un lado y el otro de la línea y finalmente queda adentro.

Larry avanza hacia tercera.

Un *out*. Ralph "El mocoso" Garver –siempre tiene la nariz roja y con aspecto de gripe– sube al bate. El cielo gris se oscurece, las nubes parecen muelas. Una lluvia fina, algo más que una bruma, empieza a caer. Danny, que está en primera, seca sus gafas mientras "El mocoso" sube al plato. El público, compuesto de quince padres, máximo, aclama y celebra. La presión aumenta. Los primeros dos lanzamientos son *faul*, el tercero lo deja pasar como bola, y luego eleva un globito a la izquierda. Danny poncha a primera sabiendo que tiene que fingir que va a correr a segunda –intentando confundir al jardinero– para que Larry pueda galopar a *home*. Pero el golpe fue profundo. Larry corre, casi cruza home antes de que la bola llegue al *catcher*. El siguiente bateador cierra con un *ponche*.

Los Bulldogs van ganando por uno.

Johnny Kuka, el comebanca de los Bulldogs, le lanza a Danny su guante. Danny está emocionado, casi puede saborear la victoria –pizza de pepperoni– pero un sabor a bilis le inunda la boca. Su madre no está. ¿Acaso importa? Danny es muy bueno para inventar excusas: una fila larga para pagar en Shell City, tráfico a causa de las carreras en el Hialeah Race Track, o tal vez Papá se haya enfermado. Danny sabe que las alegrías de la vida son pocas y, en el mejor de los casos, efímeras: una hamburguesa, boletos para ver las carreras de coches trucados. La suerte de conseguir un Junior Gilliam o un Warren Spahn después de años de coleccionar tarjetas de béisbol. La vida está llena de posibilidades pero también está Ryan Duren, que se deja cegar por una línea recta. Cuarenta *hits* un año y el año siguiente ni unos miserables diez. Danny no tiene las agallas para llegar lejos, como Larry o como el tonto del hijo de Coach Kram. Piensa demasiado, se fija en cada detalle se preocupa por todo.

Debería valorar su gloria al bate. Es posible que jamás vuelva a tenerla.

Allá afuera, en el campo derecho, la lluvia comienza a caer a cántaros. Danny se siente solo al observar cómo Larry y Dewey Sears se pasan la bola en el jardín. Coach Kram le ha pedido que vigile la línea pues los Eagles van a enviar al bate a dos bateadores emergentes zurdos.

Vaya suerte la mía, piensa Danny. El jardín derecho es un lugar solitario, el lugar donde se pone a una persona que no es capaz de *fildear* por nada en el mundo. Cuando tiene el bate en sus manos, Danny se siente poderoso. Arrasador. Con un guante de cuero, se siente perdido. Pero la bola rara vez llega al jardín derecho. Una vez por juego. Cuando eso sucede, sólo la suerte puede salvar a Danny.

El primer Eagle zurdo corre a primera. El siguiente bateador lanza un globito al centro izquierdo. Dewey o Larry podrán ocuparse de ello —si no con sus guantes, con sus egos— pero en cambio se deslizan por el césped, corren como torpes payasos y se chocan. Mientras luchan por desenmarañarse, la bola se encuentra a diez pies del cuadro, calmada, quieta. Para cuando Larry la descubre, el corredor se ha deslizado a segunda.

Lo que sucede enseguida, sucede muy rápido. Una línea recta a la caja de bateo. Segundo *out*. Falta un *out* para la pizza. La victoria. La inmortalidad. El siguiente al bate es el otro zurdo. Danny oye una voz que lo llama, y comienza a adelantarse. Por un instante, se olvida de la caja de bateo. Sus ojos observan a su alrededor. Su madre ha venido, seguro, pero su cara se mezcla con las otras caras sin rostro que se encuentran en las gradas.

Sin darse cuenta, Danny casi había entrado en el cuadro, con los ojos entrecerrados, cuando vio a Coach Kram de pie junto al *dugout*, haciéndole señas de que regrese a su puesto. El entrenador corre hasta donde se encuentra Danny y el árbitro levanta las manos en señal de tiempo muerto.

–¿Adónde crees que vas, Caston? Aquí no hay pizza hasta que no ganes el partido.

"El mocoso" se ríe discretamente.

Coach Kram se encuentra a varios pies de distancia, sus gafas también están bastante empañadas.

–¿Te estás dejando afectar por la presión? Porque si es el caso, mando a Kuka a que te reemplace.

–Estoy bien.

–Bueno, más vale que me deslumbres, allá afuera. Y mantente cerca de la línea. No quiero que se te vaya a pasar ninguna bola.

Danny regresa a su puesto trotando. Se va tan al fondo que escasamente ve al bateador. Suceda lo que suceda, no dejará que pase ninguna bola. No basta con que sea malo para *fildear*, su brazo de lanzamiento es todavía peor. Lo mejor que le podría pasar es que una bola le cayera enfrente, rebotara un par de veces y se detuviera justo en frente de sus pies.

Carl Wigley está lanzando con fuerza. Cada vez que lanza, se desliza un poco sobre la goma, está resbalosa como el aceite. Dos bolas pasan zumbando. El corredor en segunda se muere de impaciencia. Sigue un *strike*. Luego un *faul* a la izquierda del plato. Danny retrocede unos pies. Está confundido. ¿Qué es lo que quiere de sus padres? ¿Amor o dirección? ¿Será que Papá es capaz de conseguir un trabajo, de decirle dónde debe pararse?

El bateador le pega al siguiente lanzamiento. El golpe retumba tan fuerte en sus oídos que el primer impulso de Danny es tapárselos.

La bola está volando hacia él. Una esfera blanca, maltratada por nueve entradas de golpes y gotas de lluvia. Danny ve cómo flota hacia él, sacudiendo sus costuras como caderas. Pero la bola se encuentra suspendida, suspendida en el aire, como si no supiera si quiere volar o caer. Ese es el problema del fieldeo: la energía, la velocidad, la geometría, todo forma parte de la ecuación. Cuando se batea, si tienes suerte, descifras el lanzamiento, y le tiras a la bola. ¡Paff! O le das o no le das.

Danny parpadea. Todo su equipo se ha girado para mirarlo. Por el borde inferior de sus gafas logra ver, muy de reojo, al corredor de segunda llegando a tercera.

Tal vez haya sido una coincidencia, pero justo en ese instante, estalla un rayo. Danny pierde la bola, con la misma certeza con la que Job perdió la gracia de Dios. A través de sus lentes, Danny ve que caen bolas de nieve. Comienza a bailar en el campo, un baile borracho y sin sentido que espera, lo llevará a su meta. La bola lo es todo. Su madre, su padre, su hermano, su razón de ser. Nada más importa. Ni la crisis de los misiles cubanos, ni John Glenn en órbita alrededor de la Tierra, ni el asesinato de JFK, ni el knockout de Cassius Clay a Sonny Liston, ni la CIA derrocando a Árbenz.

Los gritos que oye lo confunden, le dicen que salga, que entre, que se quede quieto. Danny parpadea rápidamente, tal vez una media docena de veces, antes de que la bola entre en su campo de visión. Si fuera un artillero en una torreta, si ese fuera el momento en el que la bola hubiera entrado en su visor, éste sería el momento en el que apretaría el gatillo y dejaría que la ráfaga de balas llegara hasta su objetivo. Cierra los ojos. Está debajo de ella. La bola caerá en la red de su guante. Allí se quedará.

La atrapada enloquecerá a sus compañeros de equipo.

Será el último juego de Danny.

Saldrá en el *Hialeah Home News*.

Será el Jugador Más Valioso.

Su vida cambiará.

La atrapada.

Mira.

Ahora.

La noche en el Shanghai

Para mi hermano Leslie

Aníbal apoyó su taco en el suelo, junto a la mesa de billar. Cogió el yeso y le frotó suavemente la punta hasta que quedó azul.

–¿No te puedo convencer para que cambiés de parecer?

Danny le pegó otro jalón al cigarrillo. Sus pulmones, que no estaban acostumbrados al humo, casi estallaban.

–Prefiero El Portalito.

–Es que ahí sólo van rucos con pelos en la nariz. Peor: se creen ricachos porque una vez por semana se pueden sentar en la Plaza Morazán para que les lustren los zapatos. Son malditos, Danny, ¡si ni siquiera saben dónde tienen las nalgas!

–Sí; pero nadie te molesta. Podés beber tranquilo. Además, el bus que pasa por casa de mis abuelos te deja ahí enfrente.

Aníbal negó con la cabeza. Bajó la mirada hacia la mesa: un tiro de carambola, usando la siete, le permitiría enchutar la catorce en la buchaca de la esquina derecha. Y si le daba un golpe limpio a la bola blanca, con efecto, ésta se iría acurrucadita contra la banda, dejándolo en buena posición para hundir la ocho en la buchaca de la esquina izquierda.

Ya se olía la victoria. Aníbal estiró su cuerpo sobre la mesa, usó el diablo con la mano izquierda y disparó. El tiro apenas rozó la bola blanca; la catorce se fue contra la banda y la siete cayó limpia en la buchaca.

—¡Mierda, maldita! ¡Estos tacos son pura mierda! —exclamó, y lanzó el suyo al suelo.

—Gracias, Aníbal. Esa ocho ya está muerta.

Danny se regodeó. Le echó un último jalón al cigarrillo y lo apachurró en el cenicero metálico sobre la mesa.

—Esperate, Danny. Si hundís la ocho nos vamos a El Portalito, si no, al Shanghai. ¿Qué decís?

Danny sintió la cabeza mareada. Una cosa era fumarse un Pall Mall sin filtro, otra jalarle a los Payasos, que se compraban a cinco centavos el paquete y hechos de puro bagazo de tabaco. Mejor respirar el humo de una fábrica. Con razón el payaso blanco sobre el paquete rojo lucía mareado.

—No.

—¿Tenés miedo?

Danny odiaba a los que aumentaban las apuestas. Lo hacían para romperle la concentración. Por otro lado, él no era ningún gallina.

—Trato hecho —se oyó decir a sí mismo, mientras medía la distancia con el taco y practicaba el "follow-through" como le había enseñado su tío Abie.

Disparó con fuerza. La ocho rebotó contra el borde plástico de la buchaca.

—La cagaste, gringo.

—Todavía te quedan dos bolas por hundir.

—¡Los tiros míos no eran parte del trato!

Aníbal le dio a Danny una palmadita amistosa en el hombro.

—No te vas a arrepentir, patojo. Esperate que veás a Conchita.

Conchita, pensó Danny. Aníbal le había estado hablando de ella por varias semanas, como si fuera una Mona Lisa oriental con el cuerpo de Ursula Andress. *Es un poquito bizca, pero definitivamente es la Mona Lisa*, esas habían sido sus palabras.

Danny visualizó el cuadro de Da Vinci, la sonrisa un tanto tristona, los ojos burlones. Luego vio el pecho que Aníbal le describió:

—Las tetas se le desbordan de la blusa. Son grandes y oscuritas como mameyes. Y por enmedio de las dos tetas podés ver un hilito de sudor... ella quiere llegar a conocerte, Danny.

—Ajá ¿cómo no? "¿Llegar a conocerme?". ¿Le dijiste que soy niño riquito?

—Danny, a veces pienso que llevás demasiado tiempo viviendo fuera de Guatemala. De todos sospechás. Hemos hablado de vos, eso es todo. Sabés, aquí cuando vas a un bar como el Shanghai, bebés, platicás, bailás y se besan, y si les da la gana, duermen juntos.

Danny sentía cierto paternalismo.

—¿Cuánto cobra?

–Cinco quetzales.

–¡Cinco! Yo puedo conseguirme un culo a cincuenta centavos allá por el ferrocarril.

–Sí, y salís con una sífilis. No seás pendejo. Te presto la plata si querés.

Aníbal era perito contador, o sea contable, de una firma de plomería cerca de la oficina de correos en la Séptima Avenida. Veintiún años, el hijo único de Juana, la cocinera de sus abuelos. Escribía décimas dedicadas a bellezas mayas que esperaba, pero nunca lograba conocer en sus viajes frecuentes al lago de Amatitlán. Más que todo se pasaba metido en los bares. Todo por quince dólares semanales.

–No es asunto de pisto.

–¿Y qué, pues?

Aníbal había cuidado a Danny todo el verano. Cuando el Pacaya había comenzado a hacer erupción, le había pedido prestada la carcacha a un amigo y habían pasado tan cerca del volcán que habían visto lava desparramarse espasmódicamente del cono. Nada de lo que había visto Danny hasta ese momento podía compararse. Aníbal también había conseguido buenas entradas –lejos de los fanáticos que lanzaban bolsitas llenas de meados a los jugadores del equipo contrincante– al partido anual entre Comunicaciones y Xelajú. Y ahora quería ser el navegante que sacara a Danny de los atolladeros de la virginidad.

–Nada. A Conchita la voy a poner a gozar como nunca.

–¡Ahí 'stá mi gringo!

Danny fingió sonreír. Todavía tenía la idea en la cabeza de que el sexo, la primera vez, tenía que ser con alguien que uno quisiera. Al fin y al cabo, sólo tenía diez y seis años y su moralidad se había formado con las primeras canciones de los Beatles. Quería hacerle el amor suavecito a Mónica, su novia de la Florida. Más adelante podría vivir una vida disipada, colmada de vino, mujeres y canto. Con todo eso, su pene ya daba estertores de vida y, como el Pacaya, quería erupcionar: la vía láctea, ahí mismo en el salón de billares, encima de sus calzoncillos marca *Fruit of the Loom*.

Se puso su gastada chaqueta de azulón y se apuró para llegar a las puertas dobles, temeroso de que se le notara su erección.

–Hey, esperate –le gritó Aníbal, corriendo detrás de él.

Afuera el aire fresco cargaba polvo y vapores de combustible diesel y amoníaco. Los ojos de Danny comenzaron a arderle.

–Puta –gritó Aníbal, sacando un pañuelo de su bolsillo trasero, doblándolo por la mitad y entregándoselo a Danny–. Amarrate esto en la cabeza y tapate la nariz.

–¿Qué es eso que huele tan feo?

–Gas lacrimógeno. Los chontes lo han de haber usado contra los maestros que armaron una manifestación hoy por la tarde frente al Palacio Nacional.

Aníbal sacó otro pañuelo, el que tenía en el bolsillo de la chaqueta, y se lo amarró en la cabeza.

–¿Por qué protestaban?

–¡Todo! Salarios de mierda, beneficios de mierda. Ydígoras Fuentes prometió hacerles viviendas de bajo costo en Vista Hermosa, pero cambió de parecer. El hijueputa está barriendo con las arcas nacionales.

Aníbal tomó a Danny de los codos.

—¡Vámonos! El Shanghai está atrás de la catedral.

—Aníbal, no deberías hablar tan fuerte.

Eran las ocho y la Sexta Avenida estaba casi desierta. Se habían ido las vendedoras y los oficinistas. No había señal de los espías. Aún recordaba cuando el tío Abie le había dicho que las paredes guatemaltecas tenían oídos, oídos de caballo.

Por el gas lacrimógeno en el aire, no había colas en el estreno guatemalteco de *El Graduado*, en el cine Lux. Danny había visto la película en Miami con Mónica, esperanzado en que las escenas de sexo y música la relajaran. Lo único que había conseguido Danny había sido un beso seco en los labios.

—Pues yo no tengo miedo. Yo sé que vos sabés que no todos en este país son como tus tíos. Ellos son lo suficientemente ricos como para contratar a mi mamá para que le cocine a tus abuelos y a un chofer para que los lleve a todas partes. No tengo nada contra tus tíos, pero no todo mundo puede ponerse en sus zapatos.

—¿Y creés que eso no lo sé yo?

Aníbal se detuvo. Se quitó el pañuelo de la cabeza.

—Claro que lo sabés. Vos no sos como ellos. Mirá, date vuelta. El gas lacrimógeno ya pasó. Te voy a soltar el nudo.

Danny puso la cabeza más rígida de lo acostumbrado. Se figuraba demócrata, pero se ponía defensivo cuando le hablaban de su familia, y Aníbal siempre estaba más que dispuesto a hacerlo. En momentos como éste deseaba estar en el apartamento de sus abuelos comiendo kibbes picantes con arroz y berenjena frita, jugando naipe con su abuela, leyendo a Steinbeck −*Tortilla Flats* o *In Dubious Battle*− antes de caer rendido de sueño.

−Mirá, Danny, ¿ves ese foco rojo en el segundo piso?

−¿Por el Tikal?

Aníbal asintió. −Ése es el Shanghai.

*

Subieron dos pisos por unas escaleras de madera. Ya en el andén del segundo piso se escuchaba música. Aníbal se acercó a una puerta anaranjada y tocó seis veces.

−Ésa es la clave, Danny, por si alguna vez querés venir aquí por tu propia cuenta.

Danny arqueó las cejas. Estaba cansado, tenía sed, y traía los nervios de punta.

−¿Una puerta anaranjada?

−Ya sé, ya sé. Pero adentro no es así. Ya vas a ver.

Un hombre chaparro de corbata negra, con el nudo deshecho y con una camisa blanca sucia abrió la puerta.

−¿Está Conchita?, preguntó Aníbal.

−Está ocupada, pero hay otras. Zoila y Amaury están tomadas, pero Rosita y Nieves están libres. Son buenas patojas, pues. Para Conchita van a tener que esperar.

−¿No te acordás de mí, Guayo?

—No —respondió el hombre—. No es asunto mío andar averiguando quiénes son los que vienen aquí.

—Vamos a esperar —Aníbal tenía cara de defraudado.

—Cuelguen sus chaquetas en estos clavitos, después pasan por la cortina esa de cuentas y se sientan.

—Ese Guayo es el carisma en persona —dijo Danny en cuanto había desaparecido—. ¿Y qué se traía con esa cortina de cuentas?

En la antesala había tres sillones y dos sillas con brazos. Los forros de los sillones estaban gastados, pero enteros. Pegadas en las paredes con chinches, había unas litografías de niños franceses amuñecados que estaban parados con las piernas cruzadas y coqueteando unos con otros. El salón estaba pintado de color sandía. Del cielo raso colgaba una docena o más de linternas rojas de papel crepé, hexagonales, al estilo chino.

Varias parejas bailaban lenta y reverentemente al compás de *Cielito Lindo*. Dos mujeres estaban sentadas en uno de los sillones, hablando y fumando. Sus fosforescentes vestidos de chifón dejaban entrever sus muslos carnosos. Parecían amigas platicando, aburridas por el lugar donde se encontraban y por lo que les tocaba hacer. Miraron de reojo a Aníbal y Danny, sin hacer ningún esfuerzo por llamarles la atención.

Guayo se les acercó: —¿Qué van a pedir?

—Tráiganos una botella de Botrán.

—El añejo está a cinco quetzales. Viene con seis cocas y una cubeta de hielo.

–No hay problema –respondió Aníbal–, mi amigo paga.

Danny abrió su billetera, sacó un billete de a cinco, y se lo entregó a Guayo.

–Bueno, ¿cuáles te has cogido?

–Seducido, mi amigo, seducido. Hay una diferencia.

–Está bien, pues: seducido.

–Sólo Conchita. Y Amaury una vez.

El hombre volvió con el ron, las Cocas, el hielo, los vasos y un plato de chicharrones en un azafate. Danny se sirvió dos cubos de hielo y se llenó el vaso con ron puro.

–Llevalo despacio, gringo.

Danny negó con la cabeza.

–Quiero ponerme bien a verga.

–No tanto como para que no se te vaya a parar.

Danny se tomó un trago enorme.

–No te preocupés. ¡A mí se me va a parar aunque le tenga que dar chicotazos!

Aníbal se rió. Masticaba feliz los chicharrones: cuando comenzó la siguiente canción, una balada, se puso a acompañarla.

> *¿Que de dónde amigo vengo?*
> *De una casita que tengo*
> *más abajo del trigal.*
>
> *Una casita chiquita*
> *para una mujer bonita*
> *que me quiera acompañar.*

Danny cerró los ojos. ¿Acaso no era el alcohol la vía para dejar de analizar todas las cosas, emborracharse hasta que todos los movimientos se vuelven puro instinto y no pensamiento? Sabía que, al contrario de la letra de la balada que estaba oyendo, él no era ningún sembrador de trigo que esperaba a la linda mujer con la que se casaría y conviviría felizmente hasta el final de sus días. Comprendía por qué los peritos del Portalito añoraban sentarse en un trono rojo en el parque Plaza Morazán, para sentirse superiores, pues la moneda que llevaban en los bolsillos obligaba a otro ser humano a lustrarles los zapatos. Con los ojos cerrados y la música sonándole en la cabeza, Danny se atoró un trago, después otro; se preguntaba cuándo llegaría a saber exactamente qué es lo que quería y cómo conseguirlo, sin que alguien como Aníbal lo llevara de la mano.

Danny abrió los ojos. Una muchacha de dieciocho años estaba parada frente a él.

–Usted preguntó por Conchita.

Danny se paró, miró a su alrededor. Aníbal se había ido. ¿Y qué de la seducción, de bailar una pieza respetuosamente con la dama, su acompañante con el traje de lamé, hasta que tímidamente le preguntabas si querría pasarse la noche contigo en tu hotel? ¿No era eso lo que había implicado Aníbal, o era la fantasía que había leído en tantas de las revistas *Playboy* de su tío Abie? Sábanas de seda, filet mignon, champaña a sorbitos. Nada de eso, ahora Danny miraba una muchacha bizca con un labio volteado hacia abajo que escuchaba a Eva Ayllón cantar un vals peruano sobre un cortacañas negro que trabaja día y noche, noche y día, ganándose justo los centavos que necesita para comprarse el arroz y los frijoles.

Conchita le tomó la mano a Danny:

—¿No quiere bailar?

—Sí quiero —respondió, desganado.

Danny se puso de pie y hundió la cabeza en el cabello de la muchacha. Olía a sudor agrio, nada inocente, mas no pudo contenerse de mordisquearle su oreja, su lóbulo suave.

A media canción, ella dijo:

—Creo que usted ya está listo —y lo llevó de la pista hasta un cuarto pequeño que había al final del corredor. Lo único de notar en la habitación era una toalla azul tendida sobre el colchón forrado de sábanas blancas.

Conchita se quitó la blusa amarilla y se desabrochó la falda negra de algodón. Colocó las dos prendas sobre una silla de madera pegada a la cama.

—¿Quiere que le ayude a desvestirse?

—Yo puedo solo —respondió Danny, quitándose los mocasines de un movimiento y soltándose la hebilla del cincho.

Ella estiró los brazos tras de sí y se desabrochó el brasiere. Tenía los pechos del tamaño de unas ciruelas, y no como mameyes erguidos coronándole lo alto del pecho. Él podría haber hecho pechos más grandes con unos montículos de sal.

—Estás bien linda —dijo Danny, impulsivamente. Conchita sonrió—. ¿Cuántos años tenés?

—Dieciséis.

Se bajó los calzones, los colocó junto a su brasiere en la mesa de noche pegada a la cama.

Señaló la cicatriz que tenía arriba de su triángulo velludo.

—Esa fue Maritza. Le puedo enseñar las fotos de ella y Arturo, si gusta.

—¿Tus hijos?

—Sí, pues.

Danny ya se había quedado en calzoncillos y calcetines. No se quitaría nada más, por temor a parecer indefenso.

Conchita se sentó en el borde de la cama.

—Acérquese. ¿Cómo le gustaría hacerlo?

—Normal —dijo Danny, encogiéndose de hombros.

Ella se acostó, y sus diminutos pechos se le apacharon contra las costillas. Discurrió el cuerpo hasta que las nalgas quedaron justo encima de la toalla azul. *El Rancho Grande* y el sonido del agua se colaban hasta la habitación.

Danny llegó a la cama a acostarse encima de Conchita. Se bajó los calzoncillos. Mientras ella le maniobraba el pene erecto para introducírselo en la vagina, él comenzó a besarle la cara, buscándole los labios.

—No me bese en la boca.

—¿No? —preguntó él, apenado—, ¿no era este el preludio?

—Usted... Usted no debería. Es que está prohibido. Véngase adentro. Mueva las piernas solamente. Mmmmm, así. Usted es bien grande y fuerte. Eso no se lo digo a todos mis clientes.

—¿De veras? —preguntó Danny, que estaba a segundos de acabar.

–Usted es especial –y remató en inglés–: Mucho *fucky*.

La última frase deprimió a Danny, pero ya los espermatozoides le subían por el tallo. Lo único que le quedaba era seguir embistiendo hasta que se derramara la última gota de su simiente.

–Qué rico. Calentito. Mmmmm... –dijo Conchita, dándole una palmada como para indicar que quería salirse de debajo de él.

Danny se dio la vuelta y terminó de espaldas. Cerró los ojos y dejó que el alcohol le surtiera su efecto adormecedor. Ya había pasado. En medio minuto haba perdido la virginidad; dicho en vernáculo, ya había cogido.

Le echó un vistazo a Conchita, que estaba en el lavabo enjabonándose la entrepierna con movimientos duros y parejos, como quien lava su ropa a mano. Sacó una foto en blanco y negro de la mesa de noche y se la dio a Danny. Mientras le limpiaba el pene, que momento a momento se encogía, dijo:

–No necesito decirle quién es quién. Arturo cumplió tres añitos y Maritza dos. ¿Verdad que son bien dulcitos?

–Sí, contestó Danny. Los dos niños estaban harapientos y descalzos. Lucían como si algo les hubiera espantado de por vida. Danny sintió ganas de llorar.

Conchita lo limpió suavemente, hasta los testículos.

–Y en cinco meses van a tener otro hermanito.

Ella alzó la mirada, sus ojos rojos y nublados.

–¿Me podría dar algo para ayudarles?

Fuera jugada o no, Danny se sentía una mierda. Se levantó de la cama y se puso los calzoncillos y los pantalones. Estaba metiendo la mano en el bolsillo cuando la puerta se abrió de un solo tirón.

–Vaya pues, Conchita, vestite, vámonos.

–Chontes de mierda. ¿Por qué no me quitan toda la plata de una sola vez y me dejan en paz? Los odio a todos ustedes.

Danny comenzó a temblar. Sólo eso faltaba, que cayera en la bartolina, que su tío Aarón le escribiera una carta a sus padres diciéndoles que había sido arrestado en un burdel.

–Vestite vos, patojo.

–¿A mí también me van a arrestar?

Los policías se rieron.

–¿Cuánto pisto andás?

Aníbal entró en la habitación.

–No les des nada, Danny, a vos no te pueden arrestar, sólo a las prostitutas. Está tratando de extorsionarte.

–¿Y a vos qué te importa, metiche?

–Es mi amigo. Soy abogado y conozco la ley.

Los policías se volvieron a reír.

–¿Qué hago, Aníbal? –susurró Danny, ya sobrio.

–¿Ya le pagaste a Conchita?

–Todavía no.

–Pues no le pagués ahora. De todas maneras sólo van a terminar robándole todo el pisto. Yo vengo mañana y le pago por vos.

Una vez que Conchita se había vestido, la sacaron del cuarto. Aníbal y Danny la siguieron. En la antesala había cinco policías más deteniendo a cinco muchachas medio vestidas.

—Llevémonos a éstas, dijo uno de los chontes.

Cuando se habían ido, Guayo dijo:

—Segunda vez en este mes.

—¿A vos nunca te llevan?, preguntó Danny.

Al sonreír Guayo, relucieron dos dientes enchapados de oro.

—¿Por qué? ¿Creés que éstos quieren testigos cuando se violan a las muchachas y les quitan el pisto? No son estúpidos.

—¿Las violan? ¿Así por así? —exclamó Danny.

—Así es. ¿Qué creés, que los chontes van a venir a este tipo de establecimiento a gastar? Con lo que ganan ellos...

—¿No podés hacer nada para protegerlas?

—Sí pues, podría cerrar mi negocio.

—Por lo menos deberían resistir.

—Sí, ¿para que les peguen una vergueada? ¿Te acostarías vos con una puta que le han malmatado todos los dientes?

Danny se encogió de hombros, sabía cuál sería su respuesta.

Aníbal miró a su alrededor.

—¿Qué pasó con nuestro ron?

Guayo se rió.

—Se fue de farra.

Danny estaba por sentarse cuando Aníbal dijo:

—Este país es pura mierda, Danny, y se ha puesto más mierda desde que Eisenhower ayudó a derrocar a nuestro presidente.

Miró a Guayo de reojo, con una mezcla de repulsión y odio.

—Ya me tiene enfermo este lugar. Vámonos a la mierda de aquí.

Las escaleras crujían mientras bajaban. Afuera el aire olía fresco. Aníbal le ofreció un cigarrillo a Danny, y cuando éste lo rehusó, Aníbal encendió uno para sí mismo.

—¿Qué tal, te gustó Conchita?

—Mameyes de veras...

—¿Verdad que estuvieron buenos?

—Aníbal, tengo que decirte algo.

—No me digás. A que hoy perdiste tu virginidad.

—¿Cómo sabías?

—Gringo, en la cara se te ve. ¿Qué te parece si la celebramos en El Portalito?

Danny lo pensó un segundo:

—No, creo que mejor voy a tomarme el bus para casa. No quiero que mis abuelos se preocupen.

Aníbal miró a su amigo:

—Hey, ésta es una noche especial. No dejés que esa mierda con los chontes le eche agua a la fiesta. Eso sucede aquí todos los días de la maldita vida.

Abrazó a Danny.

—Ya sos hombre, gringo.

—Supongo que sí.

—De repente ya te vas a saber defender en un partido de billar.

—Correcto.

Danny le dio diez quetzales a Aníbal para que le pagara a Conchita y se despidió. Cruzó el parque lentamente. Los amantes se besuqueaban en las bancas. Los patojos indígenas alternaban entre sus juegos de tenta y los intentos de venderle semillas de marañón asadas a la gente que pasaba. Danny sintió un escalofrío: se sentía sacudido, asustado. La próxima vez insistiría en ir a El Portalito. No le importaba que todos los hombres ahí anduvieran mal vestidos. Él ya no tenía nada que probarle a nadie.

Traducido por Walter Krochmal.

FLOATING FREE

–¿Estás bien? Pareciera como si llevaras toda la mañana llorando. ¿Le ha pasado algo a Leopoldo? ¿Los niños?

–Ojalá fuera así de simple –lloró Esther, abrazando a Zoila bajo la entrada abovedada del Hotel Pan American. Abrazó a su cuñada con fuerza, procurando no dejarla apartarse, como si el peso del cuerpo de Zoila pudiera de alguna manera protegerla, ayudarla a tomar la decisión acertada.

–Vamos a sentarnos allá –dijo Zoila rápidamente. Agarró a Esther de la mano y la llevó al comedor del fondo, aquel que habitualmente era el lugar reservado de los bebedores y amantes discretos. El abrazo público la había avergonzado.

Esther sabía que no era buena idea llorar en público, su rostro bañado en lágrimas era sin duda un error. Si alguien la había visto, en particular alguien de la comunidad judía, habrían empezado los rumores. Recordó la primera vez que Abie había traído a Zoila, ya embarazada, de México a Guatemala, hacía cuatro años. Los Eltalephs se habían escandalizado no sólo por su enorme barriga sino por la manera tan abierta que tenía de decir lo que pensaba, y a gente que escasamente conocía. Abie la había reñido al respecto y por no comprender al igual que Esther, que ser franca en Guate era una desventaja, sobre todo para una mujer, y encima de eso extranjera. La llegada había sido difícil para Zoila, pero se había adaptado y convertido en una mujer transformada. Comparada con ella, ahora era Esther a la que más le costaba.

Tan pronto se sentaron, una joven con traje indígena vino a tomarles el pedido. Zoila se decidió por un trozo de carne, arroz, frijoles, guacamol y tortillas calientes, recién hechas por una joven indígena que las hacía en un comal de barro en el centro del restaurante.

–Y un té, por favor.

–¿Y para usted, señorita?

–No tengo hambre. Tráigame un Cuba Libre con Bacardí.

–¿Sólo la bebida?, preguntó la joven.

–Tenés que comer algo –dijo Zoila con impaciencia–. Deberías probar el pepián de la casa.

–No me lo voy a comer.

–Tráigalo de todas maneras –le dijo Zoila a la chica. Y luego a Esther–: Así darás mejor impresión.

Esther se sorprendió. Cuando la joven se había alejado lo suficiente, dijo:

—Es increíble lo rápido que te has adaptado al qué dirán. ¿Qué importa lo que diga la gente? En realidad creo que te avergonzaron mis lágrimas.

—No seas tonta —dijo Zoila acariciándole la mano a su cuñada—. Antes de conocer a tu hermano, llevé una vida bastante libre. El fin de semana salía a bailar a las discotecas de la Zona Rosa y cada vacación iba a un *resort* diferente: Puerto Vallarta, Acapulco, Cancún. Y no olvides que cuando llegué aquí tenía cuatro meses de embarazo y no estaba casada.

—¿Cómo podría, o podríamos, olvidar tu llegada? —dijo Esther molestándola. Luego se le acercó un poco más—. Lo que no comprendo es por qué te has vuelto tan precavida. Eres más guatemalteca que yo.

—Cuando en Roma, haz como los romanos.

—¿Es eso?

Zoila sintió cómo se le calentaba la cara. De repente se puso a la defensiva.

—Es eso, o el hecho de haberme casado con Abie.

Esther negó con la cabeza.

—¿No es horrible? Quiero decir, es mi hermano y lo quiero, tú sabes que lo quiero, pero ¿cuándo va a madurar de una vez por todas?

—Ojalá lo supiera. Cuando nos conocimos era tan atento y amoroso y cariñoso. Ahora lo que más feliz lo hace es que yo me quede en casa con Marquitos. Hasta pienso que no sé en qué anda, con su manera de apostar y beber, y sus viajes semanales "de negocios" a Puerto Barrios.

La camarera les trajo sus bebidas en grandes vasos de vidrio azul, los cuales puso sobre posavasos ilustrados con los volcanes que rodean el lago Atitlán. Una vez se alejó la joven de la mesa, Esther dijo:

—Esos viajes sí que te deben doler.

—Me *dolían*. Ahora simplemente los acepto. Hay hombres que en realidad necesitan tener a más de una mujer.

—Oh, Zoila, no puedo creer que eso sea lo que piensas.

Zoila sabía que si seguía hablando de sus problemas, también terminaría llorando.

—Olvidémonos de mí. Esa no es la razón por la que estamos aquí. ¿Qué es lo que te tiene tan preocupada que tuviste que llamarme a las ocho de la mañana?

—¡Odio a Leopoldo!

Zoila se secó los ojos ligeramente con una servilleta, miró a Esther pero sin decir palabra.

—Tengo 39 años y tres hijos adolescentes. Leopoldo cree que estoy lista para pasarme el resto de mis días organizando tés para las esposas de la sinagoga. Mi madre no comenzó a hacer eso sino hasta que cumplió los cincuenta. Me siento como un aguacate maduro que se pudre en la rama.

Zoila bebió un sorbito de su té helado.

—Sabes que te adora. Nunca vas a encontrar un marido más dedicado. Siempre te está echando piropos y dándote regalitos.

—Por favor, Zoila, no me lo menciones. Bebió de su ron con Coca-Cola como si fuera sólo agua.

—¿Por qué no?

–Todos sus regalos son tonterías inútiles. Peor aún, todo lo que compra, lo compra en rebaja o al por mayor. Además, ya no le quiero. Está tan gordo y asqueroso. No soporto cuando me toca con sus gruesos dedos o cuando me planta un beso en la mejilla.

–Esther.

–Yo aspiro a tener una relación romántica, a un poco de pasión. Quiero sentir que todavía soy atractiva. Quiero dar rienda suelta al fuego que arde en mi interior –miró a Zoila, 12 años menor que ella, con una mirada fulgurante–. Sé que tú crees que una esposa sólo existe para darle placer a su marido.

–Nunca lo he pensado.

–Pero cuando el rabino lo dice, siempre asientes.

–No lo quiero ofender. Recuerda que al fin y al cabo yo no soy judía. No tengo derecho a estar en desacuerdo.

Esther tocó la mejilla de su cuñada, oscura y lisa como una castaña.

–Has cambiado tanto, Zoila. Ya nunca quieres oír hablar del lado malo de las cosas. Siempre me estás pidiendo que me calme. Eres demasiado joven para estarte comportando de esta manera. ¿A qué le temes?

Zoila dejó que su lengua jugueteara con el hielo en su vaso.

–A que vayas a hacer alguna estupidez, como tener una aventura.

–¿Y qué te hace pensar que no lo he hecho?

El rostro de Zoila perdió todo color. Si Esther ha tenido una aventura, entonces es verdad que Dios no existe.

–Odio oírte hablar así. Me hace sentir como si no te conociera.

–Pues tal vez no me conoces. Tal vez eres demasiado joven para comprender lo que es estar atrapada. Esther bebió dos sorbos más de su bebida, y el torrente de alcohol le causó una mueca, mareándola.

–Lo que necesitas es otro bebé.

–¿Con tres adolescentes en casa? Eso *no* es lo que necesito.

–Un recién nacido obliga al marido a estar más atento.

–No sé de dónde vienen tus teorías, Zoila. ¿Por eso es que volviste a quedar embarazada? ¿Para mantener a Abie interesado?

Zoila no podía mirar a Esther a los ojos. Tomó la servilleta de tela de su regazo y la puso sobre la mesa.

–Con permiso.

Esther le agarró la mano.

–No te vayas, Zoila. Yo sé que cuando nació Marcos, tú temías que Abie empezara a corretear por ahí. Tú misma me lo dijiste. Tú dijiste que al darle hijos lo lograrías mantener en casa.

–No fue así.

–Zoila, te necesito tanto.

Las palabras de Esther formaron un nudo en la garganta de Zoila. Le costó trabajo hablar.

–Toda Guatemala sabe que Abie me pone los cuernos. Un administrador de una tienda de muebles no tiene por qué viajar tanto. Algunas veces hasta va a ver a sus putas antes de venir a casa a almorzar.

Era verdad que todo el mundo hablaba de Abie Eltaleph: los hombres con admiración y envidia, las mujeres con asco. El hecho era que parecía vivir y respirar mujeres, nunca nada era suficiente. Todo el mundo sabía que durante su primer matrimonio, cuando estaba casado con la hija de Rafael Sabbagh, Abie había pasado una semana en la cárcel de Zacapa y que su hermano Aarón había comprado –a buen precio– el silencio de una chica que amenazaba con demandarlo por paternidad.

–Tu marido no es el tipo de hombre que estaría dispuesto a perder a una mujer dedicada y amorosa como tú, simplemente por pasar un buen rato.

–¡Eso lo dices sin tener idea! –respondió Zoila, con la voz quebrada. Sus veintiséis años jamás habían sido tan evidentes.

–No seas tonta, a Abie ya se le pasará la locura. Si yo me enterara de algo, tú serías la primera en saberlo.

–¿Serías honesta conmigo?

Esther apeló a todo su poder de convicción.

–No sólo eres mi cuñada, sino que eres mi amiga. No sé cómo hice para vivir tantos años antes de que llegaras a vivir aquí. También adoro a Berta, Leo y Ana Lisa, pero tú eres la única con la que puedo hablar, de mujer a mujer.

–Y tú me salvaste la vida cuando llegué de México hablando como una cotorra.

Las mujeres se abrazaron por encima de la mesa.

La camarera llegó con el almuerzo haciendo que las dos cuñadas se apartaran. A medida que fue poniendo los platos sobre el mantel, Zoila respiró tranquila: tuvo la certeza de que toda la historia había pasado e iban a poder disfrutar de su almuerzo fuera de casa. Era muy extraño que pudiera comer sin tener al pequeño Marcos pegado a su lado.

Se preguntó si Esther estaba insinuando que había tenido una aventura con Roberto Cohen. En la celebración de los 50 años de casados de los Musans el mes pasado, Zoila los había visto reír y coquetear y bailar muy pegaditos como si fueran una pareja de novios solitarios en el Club Americano. Pero una indiscreción tan fugaz no ameritaba, sin duda, tanta preocupación.

Cuando comenzó a cortar su trozo de carne, Zoila sabía que el siguiente tema de conversación serían los hijos de Esther: hablarían de las clases de natación, los aparatos de los dientes y el viaje del curso a Disney. Si alcanzaba el tiempo, discutirían el precio de la gasolina, lo difícil que era conseguir una buena sirvienta, dónde comprar un aguacate por cinco centavos, el cumpleaños de alguno de los chicos. Su embarazo de tres meses. O algo realmente deprimente: el aumento de casos de delincuencia juvenil.

Zoila estaba masticando un trozo de carne bañado en chirmol cuando Esther dijo:

—Estoy enamorada de Benjamin Freeman.

Zoila sintió de repente que se le quemaba la boca. Y no por los chiles.

—¿Benjamin? ¿El profesor americano de intercambio?

—Sí.

—Pero tiene mi edad. Esther, por favor dime que es una broma.

—No puedo porque de verdad estoy enamorada —respondió Esther sin parpadear un instante.

Zoila se limpió los labios con la servilleta de tela. Sintió cómo se hundía en la oscuridad. Le pareció que salía humo de los volcanes de los posavasos. Perdió el apetito. Peor aún, su vida en Guatemala se estaba desmoronando a su alrededor: las andanzas de Abie, las marchas de los estudiantes habían cerrado el acceso a las calles que llevan a la Universidad de San Carlos, la guerrilla controlaba las montañas de Zacapa y ahora su querida Esther, le estaba confesando su amor por un profesor de 28 años de Minnesota. ¿Y ella qué estaba haciendo para detener el caos? Pues estaba planeando, divisando estrategias, preguntándose cómo iba a hacer para lograr que Marcos durmiera toda la noche en sus pañales de tela antes de que naciera el bebé.

—Benjamin tiene la mitad de tu edad. Es escasamente un hombre. ¡Ni siquiera se afeita todos los días! Podrías ser su madre.

Distraída, Esther levantó el tenedor y comenzó a triturar una papa en la salsa roja de pepián.

—Sólo le llevo diez años.

Zoila sacudió la cabeza. Benjamin Freeman llevaba un gran total de cuatro meses en Guatemala. Lo había visto por primera vez en la sinagoga Mogen David, donde asistía a las celebraciones de Rosh Hashanah y Yom Kippur. Aunque era askenazí, le encantaban los cantos sefarditas y había seguido viniendo a las ceremonias del sábado en la mañana. Era reservado, aplicado –el recién llegado ideal– pero sus ojos oscuros e inquisidores le daban la impresión a Zoila de estar siendo examinada.

–Nos hemos acostado una docena de veces.

–No quiero que me lo digas.

–Nos amamos.

–Amor de tontos –interpuso Zoila. Quería decirle a Esther que le había arruinado el aperitivo, o peor aún, le había arruinado su único día fuera de casa.

Esther bebió otro sorbo de su bebida. Dejó que sus labios y sus dientes chuparan el limón. Sus ojos estaban tan vidriosos como el único hielo que quedaba.

–Por la noche, cuando estoy acostada en la cama junto a Leopoldo, lo oigo roncar y pienso en las bellas piernas largas de Benjamin. Imagino que salgo de mi cama para meterme en la de él, para sentir su cuerpo sobre el mío como una manta calientita de Momostenango.

–¡No quiero que me lo digas!

–Por favor, Zoila –dijo Esther, el rostro colorado–. Te necesito más que nunca. No puedo enfrentarme a esto sola.

Zoila observó a su cuñada con desconfianza. Todo parecía tan melodramático. Sin embargo Esther tenía razón. Todavía lucía joven y atractiva. Las arrugas alrededor de sus ojos marrones la hacían ver aún más seductora. Y su boca tenía un gesto de picardía. Aún tenía una figura esbelta. Leopoldo era quien, después del nacimiento de sus hijos, había subido de peso. Cada día se parecía más a una salchicha inflada.

–¿Es que no entiendes? La semana entrante Benjamin se va de Guatemala para siempre –dijo Esther.

–No quiero que me lo digas. No puedo –sintió que su cuerpo se revolcaba en el agua de rechazo del mar.

–Quiere que me vaya con él a Minnesota.

Zoila necesitaba acción, le hizo señas a la camarera para que retirara los platos, pero la joven indígena no se veía por ninguna parte. ¿Acaso era la misma chica que torteaba en el centro del comedor?

–¿Y los niños? ¿Qué pasará con los niños? –preguntó ciegamente.

–Leopoldo jamás me dejará llevármelos.

–¿Y tú dejarías a Leopoldo?, dijo Zoila con la voz entrecortada.

Esther se mordió el labio.

–Por Benjamin, lo haría.

Zoila miró a su cuñada como si fuera una extraña.

–¿Y qué hay del Bar Mitzvah de Leo? Todavía te falta planearlo todo.

–Puede esperar.

–La comida, la música. El Profesor Rosenstein piensa que todavía no sabe suficiente hebreo para leer de la bimah. La semana pasada me dijiste...

–Alguna solución encontraremos. Volveré para la celebración. Después de todo, Leopoldo es el más interesado en la educación judía de Leo.

–Jamás harías algo tan estúpido.

–No me digas que nunca has hecho algo impulsivo, Zoila.

–Claro que sí. Pero eso fue antes de conocer a Abie. Antes de tener hijos. Tú tienes tres hijos. Y en este momento te necesitan más que nunca.

–Entiendo –dijo Esther, desilusionada. Tomó otro sorbo largo de su bebida–. ¿Alguna vez te hablé de Arturo Pineda?

–No.

–Fue mi primer amante. Le decíamos "El negro" porque se parecía al hombre de la canción de La Llorona. *Negro pero cariñoso...* Fumaba cigarrillos, tenía mil cuentos, le encantaba reírse y su piel era del color del ébano, un sueño. Cuando nos graduamos del instituto, Francisco Soto nos invitó a la hacienda de su familia para una fiesta. Caminamos por el bosque, montamos a caballo. Luego, a la parrilla cerca del granero. Comimos carne asada por los indígenas de la hacienda, nos arropamos con mantas y cantamos rancheras. Pero esa noche me escogió a mí como su bienamada. Todas mis amigas se morían de envidia.

–Ah, sí.

–Para mí fue una noche especial. Fue la noche en que perdí la virginidad.

–¿Te enamoraste de él sin más?

Esther asintió.

–Hacía años que estaba enamorada de él. Después de eso, seguimos encontrándonos a escondidas cada vez que podíamos. Hasta les mentí a mis padres. Les decía que estaba visitando a Brenda Rosenbaum cuando en realidad estaba con él. Todas mis amistades me decían que me haría daño. Y así lo hizo: de un día para otro, "El negro" se fue. Sus amigos me dijeron que se había regresado a

Panamá con sus padres. Nunca me contó que se iba –dijo Esther sin emoción.

–¿Y esa fue la última vez que lo viste?

Esther asintió.

–Después de que se fue Arturo, Leopoldo, a quien conocía del Club Israelita, comenzó a venir todos los días a verme. Me dijo que estaba enamorado de mí. Siempre utilizaba palabras, no gestos. Él es un hombre práctico, tiene muy poco tiempo para ser romántico... Yo estaba embarazada de Berta y se lo dije, pero no le importó: tal como dicta la costumbre, fue y le pidió permiso a mi padre para casarse conmigo. Le advertí a Leopoldo que tal vez no lo haría un hombre feliz. Me dijo que ya aprendería a quererlo... ¿Qué más podía hacer, estando embarazada? Le rogué a mi padre que aceptara, aunque él sabía que Leopoldo no me gustaba ni un poquito.

–¿Nadie sabe que Arturo es el padre biológico de Berta?

–Sólo Leopoldo. Y él quiere a Berta como si fuera su propia hija. En un principio le agradecí que me hubiera salvado de la vergüenza y él actuaba como si el hecho de haberse casado conmigo hubiese sido un gesto heroico. Ahora sé que estaba orgulloso de haber conseguido a una mujer dañada por poco ¡y encima una hija gratis!

–Qué horror –dijo Zoila sin darse cuenta–. Sin embargo, Leopoldo no tenía por qué casarse contigo. No puedes olvidarlo así nomás.

–Durante los últimos dieciocho años de haber estado casada con un hombre al que no amo, soy yo la que me he olvidado de mí misma.

—Si te vas con Benjamin, destruirás a tu familia.

—Lo sé —dijo Esther, los ojos inundados de lágrimas—. Pero no puedo perder a un hombre que amo, por segunda vez, así tuviera sólo 18 años cuando sucedió la primera vez. Zoila, cuando hago el amor con Leopoldo, simplemente me quedo quieta allí mientras él forcejea dentro de mí. Gimo, tan sólo por darle gusto. Cuando termina, se da la vuelta, me besa, abraza su almohada y se sumerge en una noche de sueños y ronquidos. Permanezco despierta durante horas, mirando al techo, sintiendo cómo su semen me gotea entre las piernas.

—¿Y con Benjamin es diferente?

—Benjamin adora cada parte de mi cuerpo y ¿sabes qué? ¡Yo adoro cada parte del suyo! No lo voy a perder, Zoila. Ni siquiera por mis propios hijos.

Zoila miró a Esther en silencio, estupefacta. No sabía qué decir. Se sentía asqueada por lo que acababa de oír. ¿Cómo podía olvidarse de sus hijos? Se convertiría en una paria de la comunidad judía. Sin embargo, estaba claro que su cuñada, su mejor amiga, no quería ni necesitaba sus consejos. Sólo su apoyo.

Cerró los ojos y pensó en Abie, en Marcos, en el bebé que crecía en su interior. ¿Qué debía hacer? Cuando volvió a abrir los ojos, Esther la estaba mirando, más determinada que nunca.

Zoila sintió frío, mucho miedo.

Traducido por Andrea Montejo.

EL INTOCABLE

Un viernes por la noche, pronunciados los Shabbat Shalom, Abie se sentó en la mesa a cenar con los padres. En lo que sorbía la sopa jamad, le preguntó al padre: –¿Y canta todavía esa paloma suya?

Don Samuel dejó caer la cuchara en la sopera. Sus ochenta años momificados por la ceguera, el manto talit y las filacterias no daban cabida a una irreverencia tal. Le tiró una mirada asesina con los ojos de pétrea concha nácar a su hijo, y le ladró:

–Din el kalb ("Tu religión es de perros").

Abie arqueó las cejas haciéndose el sorprendido, le pellizcó el brazo gordito a la mamá que estaba a su lado, y le dijo:

–¡Tu esposo me insulta como si yo fuera árabe!

Doña Sofía se soltó el brazo y se controló la sonrisa. Se preguntaba por qué de todos los cinco hijos le había salido él al mero diablo: los otros eran buenos patojos, pero Abie sumaba dos divorcios, encarcelamientos en California, Guatemala, y México, y a los 37 años, con sus dos hijos en Ciudad de México, no era de fiar para nada. Nada que no fuera la imagen hinchada que guardaba de su propia genialidad era sagrado para él. Se juraba que no importaba en qué relajo se metiera, siempre iba a escabullirse, a salir campante, exaltado, con la gran sonrisa.

Cuando Doña Sofía le confió su desilusión a la cuñada en la sinagoga a la mañana siguiente, la Raquel se estrujó los mofletes y cloqueó: –Nunca falta un huevo podrido en la canasta.

Era docta en la materia: tenía un hijo abogado, otro médico.

–Tuvo una vida demasiado fácil –había respondido Doña Sofía. Recordó los años y años de hambre en Guatemala. Cuando nació Abie, los Eltaleph ya tenían su casa con techo fuerte, su filete de carne en la mesa, y aun así, teniendo él con qué comprarse algo, mejor se lo robaba. Urdía bromas pesadas para los hermanos. Mas como tenía el nombre de su abuelo paterno, Abie salía campante, quién sabe cómo, a la hora en que Don Samuel repartía castigos. Los hermanos llorando sus moretes y él haciéndole guasa y remedando al papá a sus espaldas; si éste se daba la vuelta, los ojos de Abie se le humedecían de lágrimas al instante.

*

Los Eltaleph habían comenzado modestamente, primero un almacén de muebles y luego una distribuidora de electrodomésticos japoneses. A mediados de los sesenta se habían labrado su mini imperio en empacadoras de plástico, cartón y vidrio. Todos los hermanos menos Abie –quien insistió en que iba a hacerse su propia fortuna– trabajaron juntos, cada uno a cargo de operaciones en un país centroamericano distinto. El último deseo de Don Samuel en su lecho de muerte en 1965 fue que a Abie se le integrara al negocio de la familia.

Aarón lo invitó a su oficina. –Nuestro padre insistió en que te nos unieras –dijo. Era el hijo mayor y presidente de la empresa.

La sonrisa de Abie le abarcó todo el rostro. –Bien dicho, hermano.

–No voy a negar que me opongo.

–Bueno, Aarón, sí te admiro tu franqueza.

Las sienes de Aarón lo martillaban. Se sentía viejo, enfermo, recargado de responsabilidades, más aún comparado con los ojos traviesos de Abie. Los separaba un abismo de edades y temperamentos. Aarón se casó joven, procreó seis hijos, asumió la responsabilidad por familia, padres, suegros, de hecho, por la comunidad judía de Guatemala entera; Abie, por otro lado, vivía sólo para sí mismo.

–Te estamos encargando el almacén de muebles. Vas a ganar 300 quetzales mensuales.

–¿Y no hay comisión?

–Te toca el 10% de las ventas después de los cinco mil en ventas mensuales.

Abie se limpió los dientes con un palillo de plata que se había rebuscado en las calles de Los Ángeles, luego puyó el aire como quien mete cifras a una calculadora. –No sé, Aarón, yo tengo una familia bien grande que mantener. 400 quetzales mensuales y 20% me suena más fraternal.

Aarón odiaba tanto regateo. Cómo no haber anticipado que Abie trataría de engordar su generosa oferta. ¡Familia que mantener! ¡Suerte tenían esos niños si se acordaban de sus nombres!

—Eso es casi el doble de lo que le pagábamos a Isaac antes de mandarlo a Costa Rica.

—Pero yo no soy Isaac —replicó Abie, limpiando el palillo de dientes con un tapete en el escritorio de Aarón.

"De él sí que no tenés nada", quiso decir Aarón, pero le urgía calmarse, no dejar que la arrogancia del hermano lo sacara de sus casillas. —Vos ganás, Abie. Pero voy a estar ojo de águila fiscalizándote los libros.

—Traete lupa si querés, cacareó el hermano.

*

No era de sorprenderse: Abie ascendió. Si un talento tenía, era el de poder venderle lo que fuera a quien fuera, pornografía al sacerdote o whiskey al abstemio. En el almacén de muebles fue buzo como vendedor, ganándose a las viudas rucas, vendiéndole accesorios al perito mercantil y contador público que sólo planeaba gastarse la mitad en un juego de dormitorio y, claro, tirándole piropos a toda hembra que tuviese menos de sesenta años.

Aarón pasaba pendiente a ver en qué momento se enredaba Abie, pero las cifras mensuales lucían bien y el efectivo en caja así lo confirmaba.

Los dos hermanos casi se dan de cachimbazos, pero fue por motivos personales. Lonia, la esposa de Aarón, había pasado dejando a su hijo Francisco, de 13 años, en el almacén de muebles por mientras iba al odontólogo a la vuelta de la esquina. Abie se había llevado a Francisco a la fábrica de muebles en la 17 calle, donde las putas de a cincuenta len vendían sus carnes en los andenes. Después de dejar los pedidos con el capataz, Abie le preguntó al sobrino si quería tirar un palito. Como Francisco no captara, Abie en el acto, ahí mismo en la calle, se había sacado el grueso pene y le había dicho:

—Vos ya sabés: poner a chillar a las patojas.

Francisco se lo reportó a su padre.

—A mi patojo no me le vayás a poner mano, gritó Aarón.

Abie se jaló las puntas del bigote. —Ya tiene edad.

—Eso lo decido yo, no vos.

—Cómo han cambiado los tiempos, suspiró Abie.

—¿Qué querés decir?

—¿No me vas a decir que te olvidaste?

—¿Me olvidé el qué? —pero el sonrojo de sangre ya había puesto carmesí el rostro de Aarón.

—Vos fuiste el que me presentaste a *La Locha*.

—Eran otros tiempos, dijo Aarón con voz débil.

—Ajá, replicó Abie.

—Nosotros fuimos mucho más maduros.

Abie sabía cuándo atacar, y cuándo entrarle con donaire. —Fuiste buen ejemplo para tus hermanitos.

A Aarón le ardían las entrañas. Abie se había salvado, al menos por ahora.

*

En 1967, la empresa celebró su asamblea anual de la junta directiva en el Ritz Continental en Ciudad Guatemala. Como se habían disparado las utilidades en bruto, se decidió abrir oficina de ventas en Honduras. Muchos nombres se postularon para el puesto de director, entre ellos el de Abie.

—Encomendarle un almacén de muebles conmigo velándolo es una cosa —dijo Aarón—, pero darle rienda libre en San Pedro Sula es buscarse un problema.

—Tiene 39 años, ya es hombre maduro —dijo Isaac.

—Estás olvidando líos del hombre: encarcelado en Puerto Barrios por estafar al hermano del alcalde, baleado en la pierna por cogerse a la esposa del tipo. ¿Te tengo que decir qué hizo en California?

—Ya conocemos los pormenores —dijo David, el director de finanzas de la empresa. Como había andado de tahúr en los salones de billar con Abie, le guardaba un cariño especial a su hermano—. Yo opino que deberíamos mostrarle nuestra confianza.

—No podemos arriesgar el apellido Eltaleph.

—¿Y a quién sugerís, pues?

—Mandemos a Mena. O al inglés aquel, Leonard. ¡A ése le encanta andar para arriba y para abajo! —dijo Aarón impacientemente.

—Mena no se va de Guatemala porque la hija está en tratamiento para la meningitis —respondió David—. Y francamente, necesito la pericia técnica de Leonard en San Salvador. Deberíamos poner de lado los viejos rencores, Aarón, y darle una oportunidad a Abie.

–Sí –le hizo eco Isaac–. Estuvo feliz en San José de recién casado con campos de golf por todas partes. ¿Por qué iba a abandonar un clima templado, irse a un país donde hasta las sábanas sudaban? Abie ha madurado. Se volvió a casar.

–Sí, por tercera vez –se mofó Aarón–. No podés confiarte de un hombre que en su propia boda, con la mujer preñada de cinco meses, anda por ahí toqueteándole las nalgas a la esposa de uno de sus mejores amigos.

David entrelazó las manos sobre la mesa. –¿Te oponés?

–Al trescientos porciento, dijo Aarón.

–¿Isaac?

–Yo le daría la oportunidad.

–¡No es tuyo el dinero!

–Aarón, el dinero es de todos nosotros.

David intervino.

–Y al viejito le hubiera alegrado saber que confiamos uno en otro.

–Nunca hemos permitido que las emociones obstaculicen los negocios, les advierto –persistió Aarón.

Pero perdió el voto. A Leopoldo Glanz, marido de su hermana, se le encomendó el manejo del almacén de muebles. Varias semanas después, un Abie efervescente llevaba a su esposa Zoila, que estaba encinta, a San Pedro Sula en su Cadillac verde modelo 1961 con todo y aletas.

*

Cuando Abie Eltaleph vivió en Los Ángeles y vendía alfombras persas elaboradas en Tijuana, juraba que sólo habría un puñado de individuos en Hollywood Hills que tuviera los sesos de él. Mala suerte que lo hayan pillado cuando un cliente, después de comprar tres alfombras inauténticas, lo reportó a la policía. Cinco meses en la cárcel a Abie todavía le sobraban agallas como para decirle al funcionario de migración que lo deportaba que volvería la semana entrante. Luego lo desvió cualquier cantidad de distracciones en México y nunca cumplió la promesa jactanciosa; de haberlo hecho, Abie estaba seguro de que sería ahora "el Príncipe de L.A.".

Si Guatemala era aburrida, en Honduras hasta los tecolotes bajaban el toldo a las nueve de la noche. San Pedro Sula era pura ciudad de negocios, sobria y conservadora. Abie se aventó y abrió oficinas en el segundo piso de un edificio colonial de los años veinte con ventanales que daban al Parque Central. Integró su personal de oficina, se reunió con los posibles clientes, hizo presentaciones de venta. La vida marchaba a paso de tortuga, y pasado un mes, ya había frecuentado todos los burdeles de San Pedro Sula. Para quitarse las ganas, terminaba temprano en el trabajo y salía pitado en el Cadillac hasta Puerto Cortés en la Costa Norte. Ahí dedicaba toda una tarde a mojar la brocha en los burdeles elevados de a cinco dólares, a orillas del puerto.

Cuando David vino de visita un mes después, Abie ya estaba preparado. Se quejó de la dificultad de manejar empresas en Honduras cuando traía a su hermano desde el aeropuerto –un hangar ampliado de la fuerza aérea, por cuentas– hasta las oficinas de la empresa.

—Me lo decís a mí –dijo David–. Yo viví aquí por un año como representante de la Hitachi en 1951.

—Ah, está cambiado, algo. Aun así, el gran acontecimiento aquí es el partido del domingo en el Estadio Central.

—Eso te da bastante tiempo para mover el negocio.

—Hago lo que puedo. Me ha ido bien gracias a la colonia libanesa.

—¿De veras?

—Sí. ¡Me creen árabe porque lo hablo mejor que ellos!

—¿Los tenés engañados?

Abie se sonrió. –En realidad no. Sólo digamos que me he ganado su confianza. No te aflijás, hermano, yo les caigo bien. Los hondureños por regla general son un atajo de haraganes, y este país está lleno de gente que ahorra. Les falta el espíritu empresarial. No saben que cuando traés un producto nuevo al mercado, tenés que promoverlo para establecer el efecto multiplicador. Sin riesgo, no hay ganancia. El dinero ahí está, sólo tenés que encontrar cómo convencer a la gente para que gaste.

—¿Y vos hallaste cómo hacerlo? –preguntó David, nervioso.

Abie manejaba lento para no agitarse. –Bueno, hermano, vos sabés que yo siempre estoy dispuesto a oír sugerencias.

Ya en la oficina David quedó apantallado. No sólo estaban los libros en orden, sino que la empresa iba a producir casi $100,000 de ventas en el mes que venía. Y con un crecimiento del 5% mensual, la empresa podía rendir más de millón y medio de dólares en bruto en sólo el primer año.

—¿Y cómo le hiciste?

Abie se inclinó hacia atrás en el sofá chaise de su despacho, los pies apoyados en un otomano que le dio Daniel Monegal, un amigo libanés. —Yo les tiro mi buen cuento, que ampliación de las inversiones, que efecto multiplicador; les digo que para el año entrante el Mercado Común Centroamericano será una realidad y que la OEA va a construir su sede en Tegucigalpa...

—Eso es mentira, dijo David.

—El mes pasado *Time* mencionó la posibilidad.

—¡Junto con ocho sedes más!

—Pues dejo fuera las otras siete, no es gran cosa. Como un faroleo, como cuando nos rebuscábamos en los billares.

—Esto es distinto, Abie. Somos una empresa.

—Puede que sí —dijo él, asintiendo con la cabeza una y otra vez, como considerando que la honradez sí podría bastar.

David, perturbado pero viendo que quedaba poco que decir, cambió de tema. Se reunió con el personal de la empresa, almorzó con Abie y Zoila, y recibió un beso en la mejilla de un amigo de Abie con un mostacho tupido antes de montarse en el vuelo de la tarde de regreso a San Salvador.

*

El amigo mostachón era Daniel Monegal, empresario libanés propietario de una pequeña talabartería en San Pedro. Se había casado con una prima de Somoza en Nicaragua.

–Ni todo el dinero del mundo iba a disfrazar el hecho de que era un hipopótamo –y luego–: Seis meses de cárcel sería mejor que vivir con esa más que un día.

La mujer se rehusó a divorciarse y cuando él comenzó a cazar faldas abiertamente, ella consiguió que la *Guardia* de su primo le confiscara la fábrica y talabartería y lo expulsara del país. Tenía fotos de la esposa (gorda de circo) y de un armario lleno de trajes de lana de cachemira, lo cual probaba que había sido rico en Managua, o que tenía de mejor amigo a un sastre.

*

Los martes y jueves Abie y Daniel almorzaban juntos, luego tomaban el recreo en su burdel favorito en la parte de atrás de las carnicerías en el Mercado San Isidro Central. Se pasaban la tarde entera donde María chupando *jaiboles*, contando chistes verdes y manoseando nenas –muchachas de dieciséis años de la Costa Norte– antes de expulsar el semen. Se celebraban el humor y las ocurrencias, se juraban que los había juntado el destino, cada cual apresurándose a minimizar su propio cacumen empresarial y evitando hasta competir por la misma prostituta. De lejos, su amistad era un tango acompasado de pasos cautelosos.

El jueves, varias semanas después de haberse conocido, almorzaron en Las Delicias Del Mar.

–Deberíamos asociarnos como empresa –dijo Daniel, levantando el entramado de espinas que quedaba del pargo rojo al horno–. Con tus destrezas empresariales y las conexiones mías, nos podría ir bastante bien.

Abie saboreó el filete *tenderloin*. –Daniel, demasiado me alabás –le dijo, señalando al amigo con el tenedor–. ¡El genio sos vos!

Daniel tiró las manos para arriba con falsa modestia. –Vos me ponés muy por lo alto. Creo que trabajaríamos bien juntos. –Le hizo señas al mesero: –No puedo comer con esta espinera en el plato.

Abie asintió. –Yo sólo como puro filete: los huesos me recuerdan todas las mujeres flacas que tuve que no les hallé el gusto.

–Eso ha de ser –asintió Daniel. Cuando se había ido el mesero, se palpó los labios con la servilleta y en vez de soltarse el chiste que estaba por contar, dijo–: Abie, ¿vos no conocés por ahí a alguien que tenga un poco de efectivo que le estorbe, verdad?

–¿Qué tenés en mente, Daniel?

–Pues si pudiera hallar quien me ayude a respaldar unos préstamos de banco, convertiría mi tallercito en auténtica empresa talabartera que produjera cinturones, carteras de hombre y bolsos de mano. Es que ves, me han dado opción de compra del edificio contiguo a mi fábrica por doscientos cincuenta mil lempiras.

–Ciento veinticinco mil dólares –rechifló Abie–, eso es un dineral.

–Pues no. Imaginate un espacio de dos mil metros cuadrados, enorme, con enchufes, líneas de teléfono y baños ya instalados. Podría contratar otros doscientos trabajadores, con entradas netas de veinticinco mil lempiras mensuales y en menos de un año el edificio estaría pagado.

—Sos todo un Rothschild, le dijo Abie en broma.

—Éstos son los cálculos de mi contable. Yo si sumo cinco más cinco, la mitad de las veces saco nueve. No, Abie, demasiado crédito me das vos por las cosas. Soy trabajador aplicado, eso no te lo voy a negar, y también tengo olfato para los buenos negocios. Si tuviera el dinero, yo sé lo que haría. ¡Yo hasta le dejo a mi socio que se quede con todas las ganancias el primer año con tal de asegurarme el préstamo!

La mente de Abie era una calculadora, y la puso a trabajar mientras comía. Si Daniel había calculado bien —el cuento ese del contable fue buen ardid— él podía ganarse cincuenta mil lempiras limpios el primer año. ¿Y por qué habría de ser Abie un intermediario? Él mismo podía financiar la compra con dilatar la transferencia de fondos a la cuenta de la empresa. David entendería las dificultades de hacer que los hondureños pagaran mitad por adelantado mitad a la hora de entregar, y él tendría el efectivo que decía Daniel que necesitaba. Ahí entonces podía mandar el dinero en gotero a San Salvador, quejarse un poco más de la falta de iniciativa local, quizá concertar un préstamo de banco usando la reputación de la empresa como colateral. Sería divertido, podría armarse bien para el resto de su vida, ¡y al carajo con trabajar para los Eltaleph!

—¿Y quién sería el propietario de esta nueva empresa?

—¿Sabés de alguien que pudiera tener interés?

–Me encanta, Daniel –dijo Abie, percutiéndose la sien con el índice–, ver cómo funciona esa tu mente.

Monegal asintió con la cabeza. –Mi socio sería dueño de un 50% del negocio. La pericia mía y, claro está, mis contactos con quien vende el edificio valen el otro 50%.

–Voy a preguntar por ahí.

Los ojos azabaches de Daniel eran unos pedernales. –Pero apurate. Mi opción sobre la propiedad se vence la semana entrante.

*

Esa noche, Abie se fue en carro al Reforma con Dolores. Pegado donde Cueros de Managua de Daniel Monegal había un rótulo formal anunciando que el inmueble estaba a la venta. Veinte lempiras convencieron al guachimán de que dejara entrar a Abie para "echarle una miradita". Era un lote muy bueno, como lo había descrito Daniel; lo que es más, el edificio en sí tenía media docena de tragaluces, lo cual reduciría los gastos de electricidad.

El martes siguiente los amigos se encontraron en el Fu Yen para almorzar. Abie convertía en virutas su *lo mein* con el tenedor, y de repente preguntó: –¿Qué decidiste hacer con ese edificio?

–¿Qué edificio?

El que queda contiguo a tu talabartería –le dijo Abie– ya casi en la Reforma con Dolores.

–Ah, ése. La opción de compra se me vence el viernes.

–¿Tan rápido?

—La tengo hace tres semanas. ¿Me hallaste un socio?

—Tal vez —sonrió Abie—. Pero insiste en que quiere más de las ganancias.

Monegal se hizo el defraudado. —Así como que no vale la pena. Estaría yo renunciando a mis ganancias futuras. ¿Quién es el tal amigo éste?

—Yo, Daniel.

Monegal arqueó las cejas, asintió con la cabeza, tocó la cuchara contra la sopera y la dejó caer adentro. —¿De dónde sacarías vos ese dineral, Abie?

—Vos no te preocupés por eso que el nombre de la empresa tiene peso en la comunidad financiera.

—Y vos estarías dispuesto a...

—Sí. Como dije: a cambio del setenta porciento de las ganancias.

Daniel alejó la sopera de una empujada. —Para eso mejor trabajo solo.

—Treinta por ciento de un millón de lempiras, con todo, son ciento cincuenta mil dólares. Nada mal cuando considerás que quien asume todo el riesgo financiero soy yo —contestó Abie, usando el palillo de plata para calcar cifras en el aire.

Daniel le pegó lumbre a un Viceroy y le sacó duro. Se le arrugó la frente como quien se pregunta si apostar sus últimos cien dólares en el rojo o negro en la ruleta. Con la mano libre percutía nerviosamente la mesa; quién sabe cómo, había conseguido que le sudara el entrecejo. Bajó el cigarro y extendió la mano:

—Con nadie más celebro un trato de esta índole que no seás vos.

Se dieron la mano. –Sólo queda una cosa, Daniel.

–¿Cuál es?

–La participación mía queda en secreto. Ni palabra de esto a Zoila.

–Tenés mi palabra.

Se abrazaron, levantaron sesión y se fueron de farra adonde María.

*

Como muestra de buena fe, Monegal hipotecó su empresa por seis mil lempiras y le entregó el dinero a Abie. Esto lo puso a pensar que Daniel era hasta más maje de lo que se había imaginado. Mientras tanto, Abie podía asegurar préstamos con valor de doscientos mil lempiras de bancos varios usando la empresa de garantía. Los préstamos cubrirían la compra del edificio, las renovaciones y la maquinaria.

Cinco meses después de llegar a Honduras, Abie Eltaleph le entregó una prima de ciento cincuenta mil lempiras a un tal Sergio Ortega para el edificio en Dolores y Reforma. La alianza se celebró con botellas de Dom Perignon de a treinta dólares cada una. Ni Abie ni Daniel le dijeron una palabra de esto a Zoila, que en esa época amamantaba a su hija de un mes, Ana Cristina, y ciertamente nada se le diría a los hermanos de Abie. Dentro de un mes, la fábrica estaría abierta y durante el primer año, cada lempira adicional después de los gastos era de Abie.

Las guerras casi nunca son convenientes para quien no sea mercenario, político, traficante de armas o fabricante de armamento, pero la Guerra del Fútbol de 1969 entre El Salvador y Honduras llegó justo a tiempo para salvar a Abie, o al menos así pareció. No, las hostilidades no hicieron dispararse la demanda de billeteras y carteras de cuero, aunque sí explicaba por qué las ventas de la empresa se habían ido a pique mes tras mes, y por qué se hacía cada vez más difícil cobrarle a los clientes. El inventario comenzaba a amontonarse.

La verdad era que Daniel Monegal se había esfumado. En el modesto hotel de la Independencia donde vivía y hacía sus dos tiempos, desayuno y cena, no tenían ni idea de para dónde había agarrado; se fue una noche de ésas con sus pocas pertenencias en una maleta de cuero. ¿Trajes? Todos alquilados de un sastre que vivía al bajar la calle. ¿El edificio en la Dolores con Reforma? Monegal lo había alquilado para el mes, es cierto, por 1500 lempiras, pero siempre había pertenecido a Leo Cueto que jamás había oído de un tal Sergio Ortega ni de ningún otro Sergio si vamos a ver. ¿Monegal? Ah sí, pues, manejaba una pequeña talabartería al lado, pero Cueto llevaba años tratando de desahuciarlo por que no pagaba el alquiler. Los cuatro empleados de Monegal habían puesto denuncia en los juzgados porque hacía meses que no se les había pagado.

¡El colmo fue que a Abie se le prohibió visitar a María hasta que pagara la deuda que tenía pendiente Monegal!

Entonces la escaramuza por el fútbol le dio a Abie tres meses más para pensarlo; y eso hizo, pensar y burdelear. Acabado el plazo, los banqueros citaron a Abie. Cuando no pudo conseguir el dinero en efectivo o cumplir con los requisitos de garantía de pago, lo metieron a prisión y llamaron a su hermano.

David Eltaleph voló a la cita con los banqueros. Después de dos días de arduas negociaciones, pudo forjar un acuerdo que los dejó satisfechos.

–Les tengo malas noticias –dijo David a Aarón e Isaac en reunión de emergencia de la junta directiva.

–¿Qué podría ser peor que la guerra allá por la frontera? –dijo Isaac, manifestando lo obvio. No estaba ni la mitad de compungido como sonaba; con el tiempo libre, podía jugar golf todos los días y había reducido el "hándicap" por tres tiros–. Honduras prohibió los productos salvadoreños, y los camiones nuestros no tienen acceso por carretera a Nicaragua, Costa Rica y Panamá.

–Creo que David tiene otra cosa en mente, dijo Aarón en tono ominoso.

–Bueno, hay problemas en Honduras...

–¡Yo sabía! –Aarón golpeó la mesa con el puño.

–Abie usó el nombre de la empresa de garantía y con eso sacó un préstamo de más de cien mil dólares para una empresa privada que, hasta donde puedo deducir yo, fracasó antes de comenzar.

–¡A los dos les advertí! Abie es un cerote ladrón burdelero. Se cree mejor que todos. ¡Lleva años de pisarse a medio mundo y ahora nos tiene pisados a nosotros!

–¿Se perdió todo el dinero del préstamo? –preguntó Isaac, tímido.

David se tocó la oreja. –Para fines prácticos sí. Tenemos que encontrar el dinero para pagar la deuda a plazos, más intereses acumulados, si no terminamos de deudores morosos con el préstamo, lo cual nos acarrea más multas y deja manchado el nombre de la empresa.

–¿Así de grave?

–Me temo que sí.

–¿Y dónde está el ladrón de nuestro hermano? ¿De vacaciones en Acapulco? –preguntó Aarón.

–No, en la cárcel.

Aarón se soltó una sonrisa amarga. –Eso es lo mejor, ahí que se pudra. –Luego Aarón le dijo a sus hermanos lo que había tratado de hacer Abie con Francisco–. Vos sabés que Lonia siempre sintió que a Abie no se le confiaba ni un pedazo de pan.

Silencio acto seguido.

–Bueno –dijo David al final–, yo agarro el vuelo de regreso a San Pedro mañana. Sugiero que paguemos la prima y los intereses de una sola vez y aceptemos la pérdida. De nada vale demorar. Siempre hemos tenido relaciones cordiales con los bancos; ojalá nada cambie a causa de esto.

–Que lo dejen en la cárcel al hijueputa –ordenó Aarón–. Jamás en la vida lo quiero volver a ver.

–Siempre es nuestro hermano, dijo Isaac.

Aarón le clavó la mirada unos segundos. –Para mí no, para mí no. Grabate bien lo que digo: de hoy en delante, Abie Eltaleph ya no existe. Está muerto.

*

Los bancos aceptaron la propuesta de David y con un par de letras de pago Abie salió de la cárcel. Desde un principio se proclamó inocente, aseveró haber invertido dinero de la empresa de una forma legítima.

–No resultó. No tengo de qué avergonzarme –le dijo al hermano.

–Por poco nos dejás en la calle con esa tu movida.

–Vos mismo me dijiste que pusiera ojo a dónde invertir.

–Vos hiciste más que poner ojo.

–¿Y pues?

–No buscaste nuestra autorización. Por usar fondos de la empresa para tus propios fines estás despedido.

–Yo no hice nada malo –le replicó Abie–. Vos no podés despedirme así nomás. ¡A todos ustedes los llevo al juzgado!

Los hermanos se enfrascaron en una discusión. Abie hasta se echó un su torrente de lágrimas de verdad. David no se inmutó.

*

Abie, Zoila y la tierna Ana Cristina volvieron a ubicarse en Guadalajara. Cada dos meses David recibía una llamada desesperada de su hermano: primero una proclamación de inocencia, luego lágrimas porque lo convirtieron en chivo expiatorio, y terminaba pidiéndole dinero. Que Ana Cristina estaba enferma, que sus hijos en el D.F. necesitaban dinero para la escuela, que lo habían traicionado un par de mexicanos y estaba pelado.

David, sin dirigirle ni una palabra a Aarón, le mandó trescientos quetzales de su propio dinero. Y cuando murió Doña Sofía tres años después, David le pagó el pasaje en avión a Abie, para que volviera a Guatemala para el servicio fúnebre. Llegó tarde al entierro (algo de vuelos cancelados) y Aarón le prohibió la entrada a su casa a su hermano durante los siete días de la Shivá.

—Creo que podemos, en un momento como éste, permitirnos ser generosos –dijo David, intentando hacer las paces.

—Después de lo que hizo no.

Abie, vedado de la casa de su hermano, se consoló en los burdeles de la 17 calle. Ahí le recitaba la letanía a toda mujer con quien se acostó de cómo sus hermanos lo habían traicionado, y juraba algún día buscar venganza.

*

A los meses de haber muerto Doña Sofía, Zoila llamó a David para decirle que Abie había sufrido un infarto que casi lo mata, que estaba internado en una clínica de Guadalajara. Necesitaba dinero para transferirlo a un hospital con mejores instalaciones. David consideró montarse en un avión él mismo para entregarle el dinero en persona a su hermano doliente, pero una voz –a saber si no fue la de Aarón– le advirtió que no fuera. Mandó en su lugar un giro de mil dólares.

La llamada de seguimiento de Zoila una semana después dejó claro que Abie seguía en cuidado intensivo, se recuperaba lentamente, y necesitaría otro mes en el hospital. David mandó otros mil dólares.

Diez días después David agarró un avión al D.F. para instalar las oficinas de venta en la Colonia Roma. Pensó volar a Guadalajara un día domingo, sin anunciarse, para visitar a su hermano doliente, pero optó más bien por un día en el Hipódromo.

Era un domingo de aquellos en que, con las fábricas que circunvalaban el Distrito Federal cerradas, el firmamento invernal era de un azul sin mácula. David caminaba hacia el Club House cuando vio, como en un sueño, a Abie y a un patojito vendiendo algo de un puesto improvisado en la rampa. David se ancló ahí, dejando que la multitud que se apresuraba a entrar al Club House le pasara por los dos costados. El asistente de Abie asomó la cabeza de entre la multitud y, de un momento a otro, se esfumó. *Ratero ha de ser*, pensó David.

Cuando se había raleado la multitud, repicó una campana que daba la señal de que se cerraban las apuestas para la primera carrera. David chocó con el hermano.

–Veo que te sentís mejor, le dijo.

Abie saltó para atrás y rechupó la cara, pero recobró la compostura. Estaba metiendo calculadoras de bolsillo a una bolsa de papel, pero aun así logró abrazar al hermano, apretando fuerte, sin querer desprenderse. –Qué sorpresa, moqueó.

–Sí, así es.

–¿Viniste hasta acá para verme a mí?

–Vine para una convención de empacadores –mintió David, que no quería divulgar sus motivos para estar en el D.F.

Abie llamó a su ayudante, un adolescente flaco con una brizna nomás de bigote, y le ordenó que comenzara a empacar los aparatos que no se habían vendido.

—Estas calculadoras las vendo para hacerme de mi pistito suplementario. ¿Dónde estás hospedado?

—En el Presidente, mintió David.

—A vos siempre te gustó tu buen hotel.

David arqueó una ceja. No se iba a dejar tentar.

—¿Y ya que estamos, cómo anda ese corazón?

Abie se limpió la frente con el pañuelo, luego se tocó el pecho. —Por poco me traiciona, hermano. Los músculos no estaban bombeando. Yo pensé que ustedes segurito iban a venir a mi entierro. Durante un par de días estuvo... vos sabés...

La mano revolotea en el aire.

—Pero te repusiste. Zoila dijo que no podías levantarte de la cama.

Abie se soltó la sonrisa pícara de siempre. —Ah, vos sabés, las mujeres todas son tan dramáticas. Te desmayás, te llaman la ambulancia. Se pasó todas las noches durmiendo a mi lado, sosteniéndome la mano. Hasta logró que el sacerdote viniera a visitarme, ya sabés, para estar segura que entendiera yo que mi enfermedad era como un castigo. ¡Se pasa de católica!

—Así como lo pintó ella, ibas a estar en el hospital al menos un mes más.

Abie se puso serio. —No estoy tan bien que digamos. Camino más de diez metros y me quedo corto de aire. De hecho, yo vine al D.F.

–¿A vender calculadoras?

–Muy gracejo. Quería ver a mis hijos. También que estoy viendo un especialista que se ha inventado una técnica nueva –Abie le tiró una mirada al hermano–. Para qué andar perdiendo tiempo entre visitas al consultorio.

David negó con la cabeza. Abie, mientras tanto, le puso el brazo al patojo que amarraba las cajitas y éste miró para arriba, los ojos hechos una ranura. –Salomón, quiero que conozcás a tu tío.

El patojo se irguió con los brazos colgados a los costados.

–No sabía yo... –comenzó a decir David, cauteloso.

–¡Abrázalo!, gritó Abie, pegándole una palmada en la nuca.

–¡Que no sea el que te hizo trampa!

Allá lejos se oían los ajuteos que ahogaban el nombre del ejemplar ganador de la primera carrera. Abie se volvió a trapear la frente, luego le pellizcó el hombro a su hijo. –Vos bien sabés que yo no uso ese tipo de lenguaje. Además, David no es. Él y yo lo único que tenemos son nuestras pequeñas diferencias, como casi todos los hermanos. –Giró hacia donde David–. ¿Qué esperás de unos niños criados por Carmela? Ernesto ni me habla. Salomón también al principio no confiaba en mí, su propio padre. Pero mirá, par de meses juntos y somos todo un equipo.

David estaba por preguntar *¿equipo de qué?* pero cayó en cuenta de que sólo terminaría discutiendo con el hermano y enajenando más a su sobrino. Se preguntó de qué valía madurar si la gente nunca cambiaba. Ahí estaba su hermano Abie, de ocho años una vez más, protestando que él no se había hartado las espumillas cuando tiene los cristales de azúcar espolvoreados en el labio superior.

Sonó una corneta; los caballos ya estaban en la pista para la segunda carrera. En veinte minutos cerrarían las apuestas.

—Adiós, Abie, dámele saludos a Zoila.

David miró a Salomón, fiel copia de Abie, tenso y quieto. —Galán que es el patojo.

—Esperate, David —Abie agarró del brazo a su hermano—. Quedate con nosotros.

—Yo vine aquí para pasar una tarde divertida —dijo, alejándose un paso.

Su hermano corrió tras él. —¿Cuál es la prisa? Nosotros te acompañamos al Club House y después a tu hotel a celebrar.

—Ya no, Abie...

—Yo entro con vos. Me encantan los juegos de azar. Salomón puede esperarnos aquí afuera.

—No, papi.

—Quedate con tu hijo —dijo David—, que no miró atrás al subir la rampa. Pronunciaban su nombre y sonaban palabras pero él sólo oía un rugido apagado. ¿Se había perdido la segunda carrera? Cuando llegó a la entrada del Club House, pagó la tarifa de veinte pesos y luego sintió que le metían algo a la mano a fuerza.

David entró por el torniquete y se dio la vuelta. Salomón estaba de cara a él, manos en los bolsillos, y más atrás estaba Abie con la mesa plegable y una bolsa de papel color café.

David le dio un vistazo a la caja gris que tenía en la mano. La abrió y vio una calculadora negra y dorada con un lápiz de metal. Quebrado seguramente o con la pila moribunda como todo en la vida de Abie: un fraude, mercancía ruina. Se preguntaba por qué era así.

David quiso devolver la caja por encima del torniquete, pero Salomón dio un paso atrás.

–No puedo aceptar esto Salomón –dijo en tono suave.

–Por favor guárdeselo. Mi padre dijo que es para usted. O para su esposa. La tía Blanca.– Las palabras salían reñidas de la cara desesperada del patojo.

Salomón regresó adonde el padre. David sacudió la cabeza. *Pobrecito Abie.* La familia, el amor, hasta el deseo se puede negociar. Para él, todo tenía su precio. Hasta dormido seguía haciendo los cálculos mentales.

Traducido por Walter Krochmal.

LA VÍSPERA DE *PASSOVER*

Los cacahuates, los trocitos de coco, el alioli, las pasas y el pozuelito con la salsa de mango esperan en la sala para acompañar al arroz hervido y el cordero con curry. Mi madre todavía está en la cocina. Desde su dormitorio me llega el sonido de las ráfagas que dispara Súper Mario en el Nintendo mezcladas con la risa alegre de mi sobrino Luis.

Suena el teléfono.

Pongo en la mesa mi Chivas en las rocas y tomo el auricular. "Feliz Pascua", dice una voz al otro lado de la línea.

–Tiene el número equivocado –respondo con indiferencia, a punto de colgar.

–¡Espera! Es un mal chiste, lo sé. Soy yo, tío Abie.

La voz, antaño familiar, me saca una sonrisa:

–Debí suponerlo.

–Después de todos estos años de vivir con Zoila, he seguido su camino. Ahora llevo un crucifijo dorado y la acompaño a misa los domingos. Creo en el triste judío en la cruz. Fue terriblemente malinterpretado.

–No era mala gente. Desconfío más de quienes vinieron después.

–Sí, no deberías culparlo a Él por lo que han hecho sus seguidores.

Mi hermano Henry levanta la vista de la página de deportes, tratando de averiguar con quién estoy hablando. Tapo el auricular con la palma de mi mano.

–¿A quién se le ocurre llamar deseándonos una "Feliz Pascua" en *Erev Passover*?

–A tío Abie.

–*Touché*.

Henry toma la botella de cerveza que tiene entre las piernas y se da un largo buche de St. Pauli's Girl. Hace una mueca cuando la cerveza fría le llega a la garganta; luego traga un poco de aire para aliviar el efecto. "Ahora sí se puso la cosa buena", dice, sonríe y deja escapar un eructo.

–Oigo. Oigo –sigue la voz en el teléfono–. ¿Con quién de ustedes dos estoy hablando? –Henry siempre tuvo la voz grave y profunda, como un pedo.

–Soy yo, Danny, tío –digo sonriendo.

–Ah, sí, mi querido Danielito. ¿Cómo esperas que te reconozca? ¡Tú no me has hablado en, al menos, veinte años!

–Yo más bien diría treinta.

Lo escucho toser alejándose del auricular. "¿Qué son otros diez años? El tiempo que le toma a una mosca en volar desde una plasta de mierda hasta tu plato".

—El mismo tío Abie de siempre –digo congraciándome con él. Sólo a él se le ocurriría algo así. *Erev Passover*. Pascua. Obviamente, el hecho de que vaya a la iglesia no ha afectado su manera de hablar ni ha mitigado su humor.

—No el mismo, Danny. El cuerpo me está fallando. Mis rodillas de tan hinchadas parecen tomates. Mi corazón, mi pobre corazón...

—Mi madre me dijo que has estado enfermo.

—Enfermo no es la palabra, sobrino. El doctor dice que estoy acabado. Bueno, casi. La mitad de mi corazón está muerta. Atrofiada. Y tengo enfisema. Los años de fumar me han destruido los pulmones. Están llenos de goteras. Y lo peor de todo: tengo el rabo flácido.

—Las chicas deben de estar de luto, ¿no?

Abie no contesta. Su silencio siempre fue el preludio de unas falsas tenazas emocionales. Casi puedo escucharlo sollozando. "¿Las chicas? ¿Eso es lo que tú piensas que es mi vida? ¿Chicas? Si yo ya estoy listo para el sepulturero".

—Tío, estaba bromeando –recuerdo un incidente en Guatemala. Quizá han pasado cuarenta años. Tío Abie quería llevarnos a mí y a Henry, que todavía no éramos adolescentes, a un prostíbulo cerca de la línea del tren. La sola idea hizo que nos temblaran las rodillas. Pudimos salvar nuestra virginidad al inventar que le habíamos prometido a la abuela que la llevaríamos a jugar a las cartas en casa de su cuñada. Más que preservar la virginidad, lo que hicimos fue evitar las ladillas, la gonorrea o lo que sea que coge la gente que, por cincuenta centavos el palo, se acuesta con putas en los arrabales pegados a los rieles del tren en Ciudad de Guatemala.

—Ya no pienso más en esas cosas, Daniel. Soy una sombra de lo que fui. Y, al margen de eso, tú me debes respeto. No debes olvidar que yo soy tu tío. A ti y a tu hermano siempre les ha costado trabajo respetarme. Y nunca han apreciado mi lado espiritual.

Soy un hombre hecho y derecho, ya en mis cincuenta. Me casé, tuve dos hijas, las crié, me divorcié y es probable que me case de nuevo. Mis decisiones no siempre han sido correctas, pero he aceptado responsabilidad por lo que he hecho: los garfios, las traiciones. Mi filosofía es simple. Desperdiciamos la vida, pero lo mejor es admitir las cosas: el crimen supremo es desviar la bala que te toca para que le vaya a joder la existencia a un pobre infeliz.

El tiempo se ha ido volando. Hubo un tiempo en que fui hijo y sobrino, pero ahora soy padre y tío. Trato a mis mayores con deferencia, pero sospecho que a tío Abie lo hemos respetado más de lo que merece. Los años me han ganado el derecho de expresar mis ideas, de pensar que mi tío Abie ha encontrado a Jesús porque se acerca el fin y se ha hecho espiritual para aprovecharse y robar mientras pasan el sombrero. Están lejos los días en que nos hacía a mí y a Henry sacarnos el pípis frente a sus amigos para ver si nuestros penes habían crecido un milímetro. Están lejos los días en que nos decía que nos pusiéramos mierda de gallina sobre el labio para que nos saliera el bigote. Están lejos los días en que el miedo nos amordazaba.

Henry es diferente; perdona con más facilidad. Para él, los recuerdos se han convertido en cuentos que pueden ser reciclados y recontados –la pólvora que enciende la mecha que da paso a la carcajada en una fiesta aburrida–. Yo disecciono los recuerdos, les hago la autopsia, trato de entender qué significados puedo sacar de ellos.

Apuro un trago de güisqui. "Recuerdo cuando nos dejabas después de la cena del *Shabbat* y te ibas a Puerto Barrios", me escucho decir y culpo al Chivas por mi soltura de lengua.

¿Es posible escuchar el silencio? El silencio de tío Abie está a tres mil kilómetros de distancia. A pesar de eso, puedo escucharlo. Y su corazón maltrecho debe estar hundiéndose más rápido que el peso mexicano durante la devaluación de 1983. ¿De veras piensa que sus escapadas con las putas pasaban desapercibidas?

Le echo un vistazo a Henry. Está leyendo tarjetas de béisbol que reflejan las estadísticas de la temporada de entrenamiento, a la par que disfruta el intercambio, mi porción del diálogo. No comparte mi desprecio y preferiría cambiarlo por fichas de póker en Reno o Las Vegas. Para él, la vida es una farsa. Disfruta realmente revivir recuerdos cruciales, uno a la vez, saboreando las mejores partes, como si fuesen mujeres opulentas.

Tapo el auricular: "¿Quieres hablar con él?".

–¿Qué? ¿Para que intente pedirme varios cientos de dólares? ¡Ni hablar! Dile que me fui a jugar a los bolos o que me llevé a los niños a la misa de medianoche –Henry es un judío no practicante, se casó con una católica, pero la religión no le importa. Lo mismo celebra *Hannukah* que Navidad, Pascua que *Passover*.

Abie ha seguido hablando.

—Tío, no escuché lo que dijiste.

—Dije que no puedes limpiarte el culo con toda una vida de memorias, Danielito. Un día te vas a encontrar el armario lleno de recuerdos. Espero que te permitan dormir.

Tío Abie tiene excelentes habilidades verbales. Gracias a su pico de oro, siempre ha sido capaz de salirse de lugares a los que no pertenecía: una bronca de borrachos; una mesa de póker en la que debía miles de dólares; o cuando lo agarraron con las manos en la masa, en la cama con la esposa de su mejor amigo. Nunca he conocido a una persona que controle o intente controlar estas situaciones con tanta inteligencia. En los últimos treinta años ha vendido alfombras, relojes, mercancía falsa desde Guatemala hasta México D.F., pasando por Chihuahua y Los Ángeles, todo esto después de pasar varias semanas en una cárcel hondureña. Se habría pasado el resto de su vida en Tegucigalpa de no haber sido porque sus hermanos lo sacaron de apuros. En lugar de mostrarse agradecido, los acusó de orquestar su encarcelamiento. Y ahora vive de la asistencia social y el seguro médico en California, o eso dice mi madre. Sólo puedo imaginarme los papeles que tiene que haber comprado para convertirse en un legítimo ciudadano estadounidense, hijo de un plomero en Tulsa o Norman, Oklahoma.

—Lo siento, tío. Me gustaría que hubiera algo que pudiera hacer por ti —una vez más, lamentándome por sus payasadas, cuando debería estar furioso.

–Olvídalo, Danny. Terminamos cocinándonos en nuestro propio jugo. A nadie le importa que haya tenido que inventar una nueva forma de caminar para que no se me gasten los zapatos o que no cruce las piernas por temor a que se me gasten los pantalones. Cada semana hago una cola de tres horas para obtener una bolsa de arroz y un trozo de queso que me da la asistencia social. Pero al menos mi muñeco todavía puede orinar dentro del inodoro si me paro a un metro de distancia.

Mi madre sale de la cocina. "La cena está lista", dice. A sus espaldas, escucho el arroz hirviendo en el agua, con la tapa dando golpecitos en la olla de presión. "¿Con quién hablas?", me pregunta suavemente.

–Espera un momento, le digo a mi tío y tapo el auricular. –Es tu hermano, mamá.

Su cara extenuada se ilumina como si fuera una chiquilla: "¿David?".

–Ya quisiera yo.

–Es Abie, ¿verdad?

–Ajá.

La tristeza le cubre el rostro. "Ahora no puedo hablar con él. Puedes decirle eso de la manera más agradable posible." Ella es la única entre sus hermanos que aún se mantiene en contacto con Abie. "Sé bueno con él, Danny. Está tan solo".

Tiene razón. El debate de a quién culpar se termina cuando llegas a los ochenta. ¿Por qué guardar rencores? Siente lástima por los antiguos guardias nazis que están en sus ochenta; a Klaus Barbie le encantaban los perros y los niños y, además, su corazón estaba en las últimas. En la historia del Éxodo, tío Abie se describiría como Aarón, con una vara que se convirtió en serpiente y a quien su don de la palabra le posibilitó hablar en nombre de Moisés. Él siempre sería el hermano leal, el segundo fiel que nada tuvo que ver con el becerro de oro. En su punto de vista, él siempre es la víctima, aun cuando te prepara para el asador. Injustamente acusado de asesinato, aun cuando lo agarran saboreando felizmente tus deliciosas costillas.

—¿Dónde está tu madre?

—Salió de compras, tío Abie.

—Ya veo —sé que está cansado de hablar conmigo—. ¿Y tu hermano Henry?

Sigo con las mentiras: "Está abajo, en las canchas de tenis, jugando con sus hijos".

—Tenis, repite. La palabra debe recordarle el capítulo más glorioso de su vida. Cuando tenía poco más de veinte años, tío Abie tenía la constitución de un campeón de tenis. Estaba en el equipo nacional de Guatemala que compitió en Panamá en los Panamericanos de 1948.

—Tenías un revés endemoniado, tío.

—Eso es cierto. ¿Lo recuerdas, Danny?

Sonrío. "¡Sí lo recuerdo! Una vez me dijiste que habías derrotado a Pancho Gonzáles en La Habana".

Tío Abie se ríe en el teléfono. "Eso es un cuento de camino. Margeaux y yo estábamos pasando la luna de miel en el Nacional. Gonzáles y yo, en realidad, sólo nos voleamos durante veinte minutos pues a su pareja le había dado un calambre". Hace una pausa. "Qué tiempos aquellos. Había alcohol y mujeres por todas partes. Yo estaba en el mejor de mis momentos", alardea.

–¿Con las mujeres o con el tenis? –las palabras se me escapan de la boca.

Este silencio es diferente; a la jocosidad del tío le ha caído un balde de agua, se le reventó el globo. "Danny, estás hablando de mi primera esposa, la madre de mis dos hijos. Ella siempre será tu tía. Si la vieras ahora con osteoporosis, caminando encogida, con la nariz hacia el suelo, entonces no hablarías así".

Claro que tiene razón. Pero lo detesto porque insiste en lavarse las manos con sus responsabilidades. Abandonó a sus dos hijos en México; así es como ellos lo ven. En un final, no puedo desplazar la imagen de tío Abie en sus cuarenta. Se mantiene intacta, como si no fuera otra cosa que café congelado.

–Danny, ¿tú miras el *Weather Channel*? –me pregunta.

–A veces, para echarle un vistazo al pronóstico del tiempo para la semana. ¿Por qué?

–Tienen un programa en el que puedes ver el efecto de los huracanes –dice y se anima un poco–. El viento es una cosa tremenda. Se lo lleva todo: techos, carros, edificios enteros. Este canal también muestra programas sobre tornados, tifones y maremotos. No hay escape, ni para las hormigas. Y nosotros somos menos que hormigas. Lo único que podemos hacer es morirnos.

–Tienes suerte de tener a Jesús.

–Todos nos queremos salvar.

–Lo siento, tío –digo distraídamente, con el corazón en pedazos pues mis dos hijas están celebrando la cena de *Passover* con su madre.

–Yo también... Danny, tú eras un chico tan dulce. ¿Qué te hizo tan amargo?

¿Qué me hizo tan amargo? Una parte de mí siente una lástima genuina por él; la otra, quiere armar un alboroto. Con tío Abie, nunca sabes qué hacer.

En realidad, no estoy amargado, pero es *Erev Passover*, no *Yom Kippur* –el Día de Expiación– y estamos a punto de sentarnos a cenar. Vamos a recrear la historia del Éxodo, que es, después de todo, una parábola de escape y liberación. De cómo nuestros ancestros huyeron de un tirano, vagaron por el desierto durante cuarenta años después de haber sido liberados de su esclavitud, rezaron ante la imagen de un becerro de oro, recibieron los diez mandamientos en el Monte Sinaí, y aprendieron a comportarse como un pueblo bajo un Dios. El más pequeño de los niños hará las cuatro preguntas y uno de los adultos esconderá el *Afikomen*.

El Éxodo es una gran historia de estrategia, sufrimiento, magia, destrucción, rebelión y salvación temporal. En ninguna parte habla de remordimiento o de perdón. Después han venido muchas más historias de los judíos y el final, como sabemos, aún está por escribirse.

Me gustaría poder decirle esto a tío Abie.

Quizá otra cosa que no sea el salvador le ayudará a aceptar la muerte.

Pero ya está despidiéndose de mí, aliviado, y con toda seguridad de sus ojos se le escapan unas lágrimas.

Traducido por Alexis Romay.

EL PADRINO

Sal conocía a casi todos los del lado sur del *Jardín* de San Miguel. Esa era la zona donde vivían los pretenciosos –los americanos y los mexicanos ricos aspirantes a ser gringos– en enormes casas coloniales y donde los turistas paseaban sin apuro por las angostas calles empedradas de la ciudad. Para muchos visitantes, esta parte de San Miguel era adorable –un *corniche* mexicano con galerías de arte, iglesias, restaurantes y tiendas de antigüedades–.

En el lado norte del *Jardín*, cerca del Mercado y las derruidas casas de piedra, vivían los mexicanos pobres que habían vendido sus casas. Para la mayoría de los americanos, esta área podía transitarse durante el día –digamos, si querías ir a la carnicería o ver cómo solía ser San Miguel sin gringos–. Sin embargo, al atardecer se transformaba en tierra de nadie. Los perros aullantes corrían salvajes, los niños descalzos jugaban pelota en las alcantarillas abiertas y las aceras tenían huellas de estiércol. Había cantinas por todas partes, las calles no estaban iluminadas: aquí era donde Sal vagaba de noche sin ser visto. Poco a poco había aprendido a distinguir los bancos alrededor de la Iglesia de San Francisco que eran seguros para encontrar a jóvenes mexicanos deseosos de ganar unos pocos pesos.

Un día en que caminaba por Hidalgo mientras iba a visitar a un neoyorquino que pasaba todo el mes de enero y febrero en la habitación seis del Hotel Quinta Loreto, Sal notó que una nueva tienda, *La Casa Tarascaña*, había abierto en la mitad de la cuadra.

Con curiosidad, Sal miro hacia el interior. A lo largo de la entrada y en una galería iluminada tenuemente había estatuillas de madera sobre estantes o colgadas a través de ganchos, de la pared. No se interesó por las numerosas esculturas diminutas –cabezas de ciervo o aves de pico largo–, pero había unas figuras de no más de un pie de altura, de apenas una pulgada de circunferencia y con brazos alargados o acortados, que parecían burlarse de él. Sal había visto miles de máscaras mexicanas –cabezas de diablo, serpientes, lobos semihumanos– que había descartado risueñamente como basura para turistas. Sin embargo, estas estatuas le parecían sorprendentes. No tenían cuellos, pero sus labios apretados y rostros se deleitaban en hacerlo sentir incómodo, vano o ridículo.

–¿Le gustan? –preguntó una voz en español. Sal alzó su mirada. Un hombre de cara dulce y ovalada, cabellos ondulados y color carbón estaba frente a él. Era bajo, aun para ser mexicano.

—Sí, son muy lindas –exageró Sal. Entrecerró un ojo, como si eso le permitiera ver mejor; caminó hacia el muro y observó cuidadosamente cada estatua.

—Las hacen los indios tarascanos. Pátzcuaro –dijo Sal.

—Ah, entonces usted ha estudiado arte mexicano.

Sal llevó sus manos a la cintura. –He hecho muchos viajes a Morelia, si realmente le interesa saber.

—*Very picturesque* –dijo el vendedor en inglés, usando un término que claramente había tomado de un folleto turístico–. En realidad, es más bella que San Miguel. Yo nací allí.

—¿Entonces por qué se fue de allí?

—Una herencia, masculló el hombre.

—Perdone, no lo entiendo.

—La familia de mi esposa es de aquí. Cuando murió su madre, heredamos esta casa. Es pequeña para todos nosotros, pero es más de lo que teníamos en Morelia.

—Ah, ¿entonces usted está casado?

—Sí –contestó el vendedor–, con Matilde.

*

Sal pasaba por *La Casa Tarascaña*, mañana de por medio, camino al mercado. Se sentía atraído por Raúl, pero estaba resuelto, al menos inicialmente, a mantener una relación padre-hijo con un hombre casado quince años menor. A Matilde no parecía importarle; estaba ocupada con sus hermanas y la crianza de tres niñas. A los 28 años, era baja, regordeta y malhumorada. Sal estaba en lo cierto al sospechar que quedaba poco amor entre esta mujer y su marido; le parecía que la religión, que no era un tema menor, era lo que los mantenía juntos.

–No es el catolicismo –le aclaraba Raúl en sus conversaciones cada vez más francas–. La tradición. Ella es mi esposa. Soy su esposo. Me ha dado tres hijas, y quizás algún día me dé un hijo. Nos hemos cansado uno del otro, pero ¿qué podemos hacer?

–Existe el divorcio.

–Ah, ustedes los americanos, los verdaderos polígamos. Se casan, se divorcian, se casan, se divorcian, seis o siete veces. Como si se cambiaran la camisa.

–¡Eso no es poligamia!

–Llámalo como quieras.

–Estás sufriendo.

Raúl se encogió de hombros. Cuando sentía que no había salida, encontraba refugio en la bebida. Antes de conocer a Sal, bebía tequila o, si no podía pagarlo, compraba pulque que se vendía a 2500 pesos el litro. De noche, mientras su mujer y sus hijas dormían, Raúl era un alcohólico amenazante que se escabullía entre su casa y la tienda, como un becerro ciego.

Sal resultó ser un buen amigo que cubría de obsequios a la familia de Raúl y que se aseguraba de que las niñas de Raúl asistieran a *Las Casas*, la mejor escuela de San Miguel. Raúl lo aceptaba todo con gratitud, aunque sollozaba por dentro.

Una noche Sal apareció, desesperado luego de una seguidilla de seducciones fracasadas. Raúl lo hizo pasar, sorprendido de ver a su amigo vagando a esas horas.

–¿Qué sucede? –le preguntó Raúl mientras lo acompañaba a la galería que funcionaba también como sala.

Sal se aferró a su mano y susurró: –Me siento solo.

Raúl comprendió. –Siéntate. Traeré hielo para nuestro vodka.

Se tomaron una botella entera: sollozaron, maldijeron, se confesaron. Un gato vecino maulló. La luna se elevó, roció luz desde el patio hacia la galería. Las figuras tarascanas parecían inusualmente rígidas. Sal y Raúl se besaron.

*

Matilde supo lo que había acontecido entre su esposo y Sal. No era el tipo de persona que se tragaba noticias y fruncía el ceño –si Sal hubiese sido una mujer, le hubiera arrancado los ojos–, pero Sal era amable con ella, generoso con su dinero. Además, de alguna manera había logrado que Raúl se convirtiera en un ser más comunicativo, menos encerrado en sus silencios negros. Y por primera vez desde el bautizo de su tercera hija, Raúl comenzó a acompañarla a la iglesia los domingos, aunque se resistía tercamente a confesarse. ¿Qué hubiera confesado Raúl? "Padre, he pecado. Toqué los genitales de un hombre".

Tres semanas más tarde, Sal insistió en que Raúl y su familia se mudaran a vivir con él; tenía espacio y las figuras tarascanas se venderían mejor en la ruta turística de Recreo. Matilde podría alquilar su casa y ganar dinero suficiente para enviar a sus hijas a la Universidad de Guanajuato cuando crecieran.

—¿Qué piensas, Matilde? —le preguntó Raúl cuando estuvieron solos.

—Es un buen gesto de Don Sal. Estaba zurciendo los calcetines usando un gran huevo de madera para resaltar los huecos.

Raúl se acercó, puso su mano en el hombro de su mujer. Ella no se movió.

—Realmente no quieres mudarte —interpretó Raúl.

Ella puso el huevo y la aguja de zurcir sobre su regazo, estiró un calcetín verde para ver si el hueco había sido arreglado. —¿Y desde cuándo te importa lo que pienso?

Raúl nunca había hablado de su relación con Sal, con la esperanza de que el silencio desmintiera las miradas secretas. —No quiero perturbarte...

Arrojó el calcetín sobre su regazo. —¿Por qué? ¿Por qué lo besaste? —preguntó, examinando sus ojos sin brillo.

Los suyos de repente se inundaron.

—Estás molesta —dijo su esposo, tratando de tocarla.

Ella lo rechazó. ¿Qué debería hacer? ¿Cantar?

La boca de Raúl anhelaba un trago.

Matilde se secó los ojos con el delantal. —¿Aún me amas, Raúl?

—Eres mi esposa. La madre de mis hijas. ¿Cómo podría no amarte? —contestó evasivamente.

—¿Me dejarás darte un hijo?

La miró nervioso. Su cuerpo despertaba fuera de control. —Si eso te hiciera feliz.

Matilde lo tomó de los hombros y besó su frente
humedecida.

*

Pocos días antes de que se mudaran, Sal recibió una
carta de Harry –un hombre que Sal había conocido
mientras estaba apostado en Fort Bliss durante la
Guerra de Corea– diciendo que posiblemente vendría a México pronto. Rara vez se habían carteado
en los últimos años, y la última noticia que Sal había
recibido era que Harry había regresado a Boston
para cuidar a sus padres enfermos. Harry llegó más
tarde ese mismo día.

–Pero Harry, hoy recibí tu nota diciendo...

–Lo sé, lo sé, Sal, pero es que simplemente no
podía esperar.

–Te ves mal, Harry –era duro para Sal decirlo,
pero su amigo parecía disecado: tenía manchas
amarillentas en su roja cara irlandesa, una bar-
ba crecida en su mayor parte blanca, con partes
de su cabello que no existían en su cabeza. Sus
músculos, que alguna vez fueron fornidos, ahora
languidecían, deseosos de separase de sus huesos.
–¿Quieres un trago?

–Consígueme una botella de ron –resopló Harry, desplomándose en una silla de lona en el patio
soleado.

Después de Fort Bliss, Sal y Harry habían vivido juntos en Denver. Mientras que Sal ingresó a la
escuela de negocios y luego trabajó como tenedor
de libros de una empresa ganadera, Harry adhirió
a los programas de hágase-rico-rápidamente: in-

virtió en la exploración de petróleo en la región El Pedernal en Oklahoma, luego en minas de oro en British Columbia, siempre sin éxito. Luego Harry convenció a Sal, durante una noche de juerga, para que se mudara a Taxco. Harry abriría una joyería mayorista en Boston, con el dinero de sus padres, y Sal le enviaría plata y piedras semipreciosas desde México. El proyecto duró dos años hasta que Harry quebró.

Sal permaneció otro año en Taxco enseñando matemáticas y contabilidad en una escuelita dirigida por una viuda suizo-mexicana. Luego alguien le dijo que el Paraíso existía en una pequeña ciudad mexicana llamada San Miguel. Sal se estableció en una casa en Recreo: se transformó en el asesor comercial de jubilados americanos que compraban mansiones abandonadas a precios irrisorios, abrió tiendas de especialidades para turistas y todos los años patrocinaba una rifa para los niños pobres mexicanos. Lo acogieron con entusiasmo, lo admitieron en los juegos de bridge de la comunidad gringa cada vez más numerosa. Era un hombre dulce, es verdad, pero estaban deseosos de hacer la vista gorda a sus excentricidades. Ciertamente, ellos tampoco eran perfectos, ellos que vivían exclusivamente para la hora del cóctel y para urdir planes que aseguraran que San Miguel siempre tuviera una nueva provisión de empleados domésticos.

*

–Mis padres murieron el mes pasado, resopló Harry.

—No —gimió Sal, al tiempo que le acercaba un ron con coca—. ¿Un accidente automovilístico?

—Casi que lo desearía.

—¿Entonces, qué pasó?

—Doble suicidio. El médico sigue diciendo eutanasia. *Euthanasia.* ¿Te das cuenta, Sal? *¡Youth-in-Asia!* ¡Deberíamos estar ahí, hermano! ¡Esmeraldas gigantes, lapislázuli, millones de jovencitos! —dijo, alocadamente, tragando todo el trago de una vez.

Sal puso su vaso en una mesa de hierro forjado y abrazó a su amigo. —¡Ay, pobre de ti, pobre de ti!

—Ya no voy a tener que esconder mis viajes a la zona de combate —dijo Harry, apartándose—. Además, ¡ahora soy un hombre rico!

—Bueno, eso es una compensación...

Los ojos de Harry eran como dos cerezas en jarabe. —Lo que sucede, Sal, es que tengo cáncer de páncreas. No llego a la próxima Navidad.

De repente Sal se sintió débil; sus piernas se meneaban como las de una marioneta y Harry tuvo que sentarlo. Con San Miguel en medio de su calma de agosto —con su cielo de barniz azul desde el amanecer al anochecer— se le hacía difícil imaginar la muerte. Una especie de vivificante belleza eterna pendía del aire. Los únicos sonidos eran los trinos infrecuentes de las garzas que anidaban en los árboles del Parque Juárez.

Harry, ahora el anfitrión, acercó a Sal su trago y se sentó. Los dos amigos saborearon silenciosamente el ron, un tanto áspero para la garganta anudada de Sal. Su vida había estado mejorando en los últimos tiempos, Raúl y su familia se mudaban con el y allí estaba Harry. Sus padres muertos, viviendo solo y ahora...

—Debe valer doscientos mil.

—Disfrútalo, dijo Sal.

—Como el diablo. ¡No puedo mear ni cagar sin que me duela!

Sal vació su vaso, dejó que los cubos de hielo jugaran en su boca. Su cabeza navegaba; sentía la lengua espesa.

—Puedes quedarte conmigo, Harry, lo sabes. Te cuidaré. Será como en los viejos tiempos. Te gustará estar aquí en San Miguel. Buen clima, gente agradable. Las calles te recordaran las de Beacon Hill.

Harry contempló a su amigo. —No puedo. El tratamiento. Estoy aquí por unos pocos días. Éste es el adiós, compañero.

—No hablemos de eso. Estas aquí para olvidar.

—Sí, para olvidar.

Tomaron durante toda la tarde, recordando los viejos tiempos, todos los contratiempos. Aquella noche, mientras comían un guisado que había sobrado del mediodía, comenzó a agitarse un viento del sur. Un rato más tarde, empezaron a resonar los truenos, había relámpagos y la lluvia caía torrencialmente. Se apagaron las luces y Sal trajo una vela al comedor.

—Es irónico —dijo Harry—. Esperé como un buitre a que se murieran, fueron tan amables que se apresuraron, y ahora estoy solo un paso detrás de ellos.

Sal puso la vela en el piso. —¡Coraje, Harry! ¡Todavía puedes derrotar a esta cosa!

Harry meneó la cabeza. –No entiendes. Siento que algo me carcome por dentro. No se parece a nada. Hasta los doctores están confundidos. No debería sentirme tan débil. Mierda, me dijeron que este viaje me mataría. No debería estar aquí.

–Ah. Los médicos. Son todos unos cínicos.

Harry asintió, y luego se quitó el anillo con una turquesa incrustada. –Quiero que lo guardes. He adelgazado tanto que tengo que usarlo en el índice. ¿Te acuerdas cómo lo conseguí?

–Claro. ¡Convenciste a uno de esos broncos de Texas a que te lo cambiara por uno de tus pozos secos de petróleo! –Sal se probó el anillo en cada dedo–. ¡Mierda Harry, es tan grande que tendré que usarlo en el pulgar!

Harry cerró la mano de Sal con el anillo. –Es tuyo y ni una palabra más.

Los dos hombres se abrazaron a la luz de la vela, mientras la lluvia caía formando pequeñas cascadas que se vaciaban en la calle. Desde la ventana que daba a la calle, un par de ojos vieron a los dos hombres acariciándose. Los ojos que miraban tenían su propia humedad, a pesar de la lluvia.

*

Dos días después, mientras la lluvia seguía cayendo, Sal puso a Harry en un taxi hacia la Ciudad de México. Entonces Raúl, Matilde, y sus tres niñas se mudaron. Por su parte, Sal estaba emocionado: era la primera vez desde su infancia que era parte de una familia. Más que una parte, Sal era la cabeza de la familia, algo que pensaba que, por su pasión, estaría negado para él para siempre. Con gran fanfarria les dio a las niñas la recámara con la litera triple que había hecho fabricar especialmente. Dio su recámara a Raúl y su esposa y reservó para si la alcoba alejada del living. Una cama simple, un tocador, un escritorio y una silla tambaleante: una verdadera existencia espartana. Y donde había estado su oficina, había ahora un mini museo de las figuras tarascanas que se completaba con colgantes en las paredes y un biblioteca de libros de arte folclórico.

A las tres semanas, Sal recibió la noticia de que Harry había muerto. Se sintió muy mál, parcialmente mutilado, pero con la cabeza rizada, aunque malhumorada, de Raúl sobre su pecho, la muerte de Harry era tolerable. Además, Matilde se había vuelto alegre cuando estaba con él y ahora las niñas se sentaban en su regazo.

Sal sentía que había renacido a sus cuarenta y tantos. Besaba el anillo de Harry, repitiéndose una y otra vez: –¡Estoy vivo, estoy vivo!

Una noche en que Sal jugaba bridge con sus amigos americanos, Matilde se acercó a su esposo.

–¿Aún me amas?

Raúl había estado bebiendo, más que de costumbre, desde la noche en que había visto a Sal y Harry abrazados: –Sabes que sí –dijo, casi sin sentimiento.

–Estoy embarazada, anunció.

La miró enigmáticamente.

–De dos meses. Y Ángela está segura de que será un varón.

–¿En serio?

—Lo que siempre quisiste, Raúl. ¡Un varón que herede tu nombre!

*

Raúl nunca encontraba la forma de darle la noticia a Sal del embarazo de su mujer. Cuando Matilde se lo dijo, aproximadamente en su tercer mes, Sal explotó, abofeteó a Raúl en un ataque producto de la borrachera. Gritó a lo loco, despertó a las niñas; Matilde amenazó con llamar a la policía. A la mañana, cuando Sal ya estaba sobrio, felicitó a Matilde y rogó a Raúl, cuyo ojo derecho estaba tan hinchado que casi se cerraba, que lo perdonase.

Raúl perdonó, pero sólo en palabras. Aquel domingo, fue a la iglesia con Matilde y las chicas, se quedó después de la misa, rondó por las proximidades de la Parroquia y el Jardín. A las 14 horas siguió a un cura y a dos mujeres vestidas de negro hacia el interior de la iglesia. Rezó y encendió velas mientras que las mujeres se turnaban en el confesionario.

Cuando terminaron, Raúl entró al confesionario y esperó. El cura abrió el compartimiento y dijo: "¿Si?", a través del enrejado. Dudó un momento antes de decir: —Perdóneme Padre porque he pecado —y sabía que diría la verdad, toda.

Ya fuera de la iglesia, Raúl se sentó en un banco bajo un árbol de laurel y miró el fluir de paseantes de domingo que desfilaban. El sol brillaba con aspereza, y la fachada de la iglesia parecía ante sus ojos una cruz gigante. Tenía esperanza de encontrar el alivio al recitar sus Avemarías, pero cada uno era un azote en su espalda, y se sentía más confuso por dentro. El chirrido de los cuervos en los árboles parecía venir desde su interior, desde su corazón pecaminoso.

Cuando Raúl llegó a la casa, su esposa y las chicas habían salido a visitar a la hermana de Matilde. Sal estaba sentado solo en el sofá de funda verde entre las estatuas, bebiendo vodka con hielo y leyendo *Atención*, el periódico local en inglés.

–Pensé que llegarías más temprano –dijo Sal, mirándolo por encima de sus lentes de lectura.

–Me reuní con unos amigos, contestó Raúl.

–Y, ¿eran agradables?

–Sí. Nos sentamos y charlamos.

–¿Eso es todo? –La mano de Sal temblaba mientras servía un trago para Raúl.

–Sí.

Sal retiró unos pocos mechones de pelo de la frente mojada de Raúl. –Pensé que como tu familia estaba de paseo, podíamos estar solos, sin tener que escondernos.

–Lo siento –Raúl tragó el vodka de una sola vez.

–¿Eso es todo lo que puedes decir?

Raúl levantó la mirada. –Me confesé con el cura.

Sal levantó las cejas y silbó; luego se recostó.

–¿De verdad?

–Sí.

–¿Todo? ¿También sobre nosotros?

–Todo.

–¿Y qué dijo el cura?

–Estaba horrorizado.

–¿Cómo lo sabes? –preguntó Sal con enfado.

—Me dijo que había cometido un pecado mortal.

—Ya veo...

—Me ordenó rezar treinta Avemarías.

—¿Son muchos?

—Sí.

—¿Muy muchos?

—Estaría condenado al infierno si no me hubiese confesado.

Sal se dejó caer bruscamente en su silla. Comenzó a sorber un pedazo de hielo.

—El cura no podía creer que yo estuviera contigo y Matilde —continuó Raúl.

—¿Le contaste del embarazo?

—Sí. Y empezó a gemir y hacerse la señal de la cruz.

Sal se levantó atontadamente, asió la botella de vodka por el cuello, llenó su vaso hasta el borde.

—Y ahora, ¿qué vas a hacer?

Raúl permanecía sentado inerte, con su vaso en la mano, mirando hacia el piso, sin decir palabra.

*

Raúl agarró una borrachera que parecía no tener fin. Sal le negó su licor, pero Raúl se las ingenió para conseguir dinero suficiente para comprar pulque en botellas de plástico transparente. Lo bebía como agua y comía solo bolillos y queso. Matilde perdió la paciencia la mañana en que encontró a su esposo durmiendo sobre una cuneta mugrosa al lado de su vieja casa de la calle Hidalgo: trató de hacerlo entrar en razón remarcándole sus obligaciones con sus hijos, especialmente con el que estaba en camino, pero Raúl parecía inalcanzable, como si algo más poderoso lo guiara desde adentro. Ella comenzó a odiar a Sal por lo que había pasado unos pocos meses antes.

—¿Qué haré si mi marido se muere, marica?

—Por favor, Matilde, no me llames así. Y tu marido no va a morir.

—Mira sus dientes —gruñía—, se están poniendo negros. Y su piel ya está amarilla.

—Dr. Tovar dice que va estar bien una vez que deje de tomar.

—¿Y cuándo será ese día? ¿El de Todos los Santos?

—Debemos evitar que tenga dinero. Voy a cerrar la tienda.

Cuando dijo esto, Matilde se echó a reír. —No es de allí de donde lo saca. Tú le enseñaste cómo hacerlo. Se prostituye, marica. ¡Mis hermanas lo han visto tratando de ligar con hombres!

—No te creo —respondió Sal—. Lo dices solo por lastimarme.

—Idiota —maldijo Matilde—. ¿No entiendes nada? —Luego se levantó la falda, y sujetó los cinco meses de carne creciente—. Dime, ¿quién va cuidar de esto?

*

Cuando Raúl murió, Sal estaba aletargado. Era como si Raúl y Harry hubiesen muerto la misma noche, y como si él, Sal, estuviera siendo aporreado por un sufrimiento doble. Matilde —en plena angustia del duelo— amenazó con mudarse a otro lugar, pero nunca lo hizo. Su ira se enfrió en indiferencia cuando Sal reveló, casi como una indiscreción, que había prometido a su amante, antes de morir, que velaría por su mujer e hijos. El día del entierro de Raúl, los hijos comenzaron a llamar a Sal *padrino* –como si lo enaltecieran con un título muy superior al de simplemente "padre"–.

En la comunidad americana se empezó a crear una historia que relataba cómo Sal había fraterniza-do con un alma en problemas y cuando el hombre murió repentinamente, Sal había sacado a flote a toda su familia. Era una especie de héroe folk, *Atención* escribía sobre él y hasta se lo mencionaba en un artículo de viajes del *Mexico City News*. Se trasformó de inmediato en el invitado de honor de los cócteles; hasta fue presentado a Lady Bird Johnson cuando visitó San Miguel y se alojó en el Hotel Sierra Nevada por una semana.

Y cuando se llevó a cabo la rifa anual a be-neficio del niño mexicano, Sal recibió un premio especial por haber "adoptado" una desafortunada familia mexicana. Se referían a él como el provee-dor desinteresado, a punto tal que la mujer del hombre fallecido bautizó a su cuarto hijo con su nombre. Sal estaba agradecido por tanta atención, ya que le daba ese cierto estatus que lo había eva-dido durante todos esos años en San Miguel.

Se transformó en el alcalde no oficial de la ciudad.

Sin embargo, todas estas distinciones no po-dían borrar el vacío que sentía, especialmente de noche, cuando cesaban las lluvias del atardecer. Con el tiempo, Sal empezó a frecuentar las calles del lado norte del Jardín de San Miguel como solía hacerlo muchos años atrás. Hubo cambios: los mexicanos jóvenes eran más numerosos, parecían más descarados, se drogaban, el resultado de cinco devaluaciones del peso. Existía el miedo al sida. Y la iglesia de San Francisco había instalado luces en los alrededores del parque, pero las luces colgaban por encima del follaje de los árboles y aún mantenían al suelo en la oscuridad.

Aquí, al lado de la iglesia, en los bancos de hierro forjado, Sal se sentía más seguro.

Traducido por Playboy México.

El espacio que habitas

I

Estamos uno frente al otro en el compartimento de un tren, casi no podemos vernos: es una noche sin luna y la cortina del pasillo está cerrada. Un guardia permanece afuera. Se podría pensar que estamos dentro de una burbuja: así es, y apesta a muerte.

—¿Por qué tanta maldita ética? —le digo.

El sudor le corre por la cara. El tren no se mueve. Toma un pañuelo del bolsillo trasero y se seca la mejilla. Con poca convicción dice: —Alguien debe tenerla.

—¿Pero por qué tú?

Tiene los ojos húmedos. Echa para atrás la cabeza, la mueve de un lado a otro sobre el respaldo. —No puedo ver cosas horribles sin intervenir. Algunas personas se salen con la suya impunemente —habla como si pronunciara un discurso, sin ninguna timidez—.

Quiero dar por terminada la conversación, tomar un libro, de preferencia una traducción, y hojearlo.

Me lleno de valor para decir: –¿Por qué no te hiciste rico? Habrías tenido el poder de hacer lo que sentías que los otros no hacían.

–El dinero no es la respuesta.

Él siempre reacciona de buena gana, defiende su postura ya que pasaron las cosas: como la vez que renunció a su trabajo de recepcionista de un hotel en El Salvador porque el dueño permitía reuniones de nazis, de uniforme completo. Cuando fue despedido porque se rehusó a sentar a una familia de negros en la parte trasera del restaurante Dobbs House en Hialeah, hacia 1957, como se le pidió. La vez que insultó a un desconocido en una calle de Miami porque hacía treinta años había cometido un agravio que, obviamente, había olvidado.

–Tus protestas siempre fueron demasiado tardías. Humo disperso en el aire.

–Es lo que podía hacer.

Ahora se siente ofendido. Después de todo, un hijo no es quién para juzgarlo. Es terrible ser testigo de la ira que se permea –me deberían poner una mordaza–.

II

El tren sale de la estación. Lo miro. Se hurga las palmas de las manos consumido por la ansiedad. Tan incomprendido. Mi madre, que de verdad lo amaba, siempre tenía que disculparse con los miembros de su propia familia, explicarles las razones de sus palabras y sus gestos anárquicos –condenado siempre a los malentendidos–.

Hay vapor afuera de la ventana del compartimento, sale de las ruedas. Los arbotantes, que se elevan como árboles torcidos desde el macizo de piedra, se oscurecen en la neblina.

La blancura del vapor es gasa en las luces, una herida blanca.

¿Y si estuviéramos al aire libre, en campos de trigo, y las estrellas brillaran de verdad? ¿Sería acaso diferente?

Mi padre se pone melancólico. Me dice qué maravilloso era su padre –un hombre democrático, divertido– y qué fría e implacable, su madre. Los hombres deberían vincularse con hombres, pero todos necesitamos amor de madre, desde el primer aliento.

¿Es este el mito al que se aferra para sobrellevar el día? Su padre en realidad lo despreciaba –es fácil ser divertido y a la vez inexpresivo–.

Su cuerpo se enfoca y se desenfoca. Lo que podría ser una conversación es en realidad un monólogo, la reparación de un alma rota que busca un respiro en la memoria.

El vapor envuelve el compartimento.

–¿Te sientes bien? –quiero preguntar, pero las sombras no necesitan que uno las reconforte.

–Nadie me comprendía.

Es 1916. Tiene 18 años, es un judío que se enlista en el ejército alemán. *¿Quieres luchar por tu patria?*

¿Tan terribles son tus padres? Su crueldad lo lleva al campo de entrenamiento, al frente, a pelear contra los británicos en el bosque de Bélgica en pleno invierno.

—¿Ninguna otra razón?

—Para hacer lo que yo quisiera —se encoge de hombros—. Pensé que el ejército era la respuesta.

Más allá de la niebla y el humo, conoces a tu enemigo en la guerra —se esconde en las trincheras, te dispara desde detrás de rocas, tocones y árboles, rueda hacia ti en tanques a través del campo—. Los obuses te ensordecen. Las balas perforan los cascos de cuero.

El hedor de la carne, cuerpos quemados y miembros amputados no es ninguna diversión. Hay escasez de médicos y camillas.

Ah, pero está el olor de la dulce savia que exudan los pinos.

El tren se mueve a todo vapor, las luces errantes afuera de la ventana parpadean como cerillos encendidos.

—Pero no hacías lo que querías en el ejército; al contrario, los oficiales te ladraban órdenes, tus compañeros soldados se reían y se burlaban de ti. ¿Acaso no se meaban en ti?

—Sí, mientras dormía en la trinchera. Pero eran simplemente cuerpos uniformados, que me decían qué hacer, adónde ir.

—¿Es por eso que viajabas tanto?

—En mi mente yo era libre.

III

Luego, la fiesta en la Reeperbahn. El volumen de la música te parece demasiado alto; las mujeres, rudas, te echan el humo en la cara y se ríen de manera agresiva.

La fiesta es entretenida, como a mí me gustan, pero la dejo para ayudarte a tomar un taxi. Mientras el coche arranca despacio y te dejas caer en el asiento trasero, me dices que no me preocupe.

Regreso con trabajos a la fiesta, riéndome solo. ¿Debe el hijo proteger al padre a cualquier costo? ¡A la chingada, Abraham, a la chingada la Biblia! A tropezones subo un tramo de escaleras, al lado de una vivienda, y bajo otro hasta que llego a una barrera enrejada de madera. Bajo de nuevo a una plaza con estatuas ecuestres y bancas de metal: la rodeo hacia la derecha y regreso adonde comencé, como si el paisaje estuviera en una plaza de toros.

La luna en cuarto creciente se balancea sobre mi cabeza. Si tuviera un ancla y su cadena, la engancharía y me elevaría por encima de la línea de nubes. Desde la punta del mástil, escudriñaría el horizonte y daría en el blanco al encontrar un hogar, un hogar que verdaderamente exista.

IV

—Papá. ¿Me puedes ayudar?

Él prefiere ignorar la pregunta.

El tren se mueve rápidamente. Vemos árboles, casas, pueblos que pasan a gran velocidad —los contornos de distintos objetos se convierten en un cordón de luces centelleantes–.

Necesito una silla junto a la chimenea, una taza de té –algo que caliente mis manos–.

–Siempre estuve en busca de un hogar, hijo.

Si tan sólo él pudiera decir que un hogar es el espacio que habitas. Imagino un caracol levantando su concha; un alce dominando la vista de un valle desde las colinas africanas; una mantarraya abriéndose paso en la arena blanca.

Las ruedas del tren producen un ruido seco cuando rebotan ásperamente en las vías de las que quieren escaparse.

El compartimento ahora está vacío. Siempre ha sido una noche sin luna.

Traducido por Víctor Ortiz.

GABO Y YO

Para Nassin

Es un fresco día de octubre de 1975. Tengo vein-
ticuatro años y voy conduciendo por Central Park
con Gabriel García Márquez. Mientras serpentea-
mos por el parque, y salimos por Central Park West,
me quedo mudo de asombro, con miedo de decirle
algo estúpido al hombre cuya obra me inspiró, más
que ninguna otra, a convertirme en un escritor de
ficción. Gabriel García Márquez, si es que vale la
pena repetirlo, tiene hoy asegurada la reputación
de ser uno de lo grandes escritores de nuestro
tiempo. Es autor de *Cien años de soledad,* que ha
vendido treinta millones de ejemplares en treinta
y cinco idiomas; un nuevo género, el realismo
mágico, nació gracias a su obra. Su gran éxito *El
amor en los tiempos del cólera* ha sido llevado al
cine y se estrena esta semana en las salas. Y, por
supuesto, recibió el Premio Nobel de Literatura en
1982. Pero en 1975 era simplemente mi ídolo.

Avanzamos en silencio por el otoño hundidos en los asientos negros de nuestro taxi Checker amarillo. Quizá percibiendo el asombro que me inspira, al final me pregunta de dónde soy. Lo único que puedo murmurar, y que seguro que apenas resulta audible, es la palabra Guatemala; él no parece percatarse de ella, con todo, y parece perdido en sus pensamientos, mirando por la ventanilla del taxi los edificios de apartamentos mientras ascendemos desde Columbus hacia Amsterdam Avenue. Al fin, en la calle 109, me incorporé en el asiento para osar conversar con él: −Vivo en ese edificio color canela. En el tercer piso.

No responde.

Consciente de sus humildes orígenes, prosigo: −Es como un vagón de tren, pero el baño es nuevo y el retrete está más alto, como un trono. Después me río de mi descripción del retrete.

García Márquez asiente desinteresadamente, y yo me quedo sin nada que decir, inmóvil, frustrado en mis fantasías de la vida del escritor, de la oportunidad que representa conocer a un hombre legendario como él, un Hemingway redivivo o un Fidel Castro de las letras. Durante este trayecto en taxi con mi ídolo (al que me han pedido que haga de lazarillo en Nueva York) no puedo saber que, aunque, sí, mis ilusiones juveniles tal vez tengan que rendirse un tanto ante la realidad del mundo, se está formando una rara forma de colaboración; si no una amistad, al menos un hilo entre nosotros que culminará con mi llegada a la extraña condición de ser el negro de García Márquez, y más tarde llevándole malas noticias en un momento en que estaba enfrentándose a su propia mortalidad.

*

Descubrí la obra de Gabriel García Márquez en 1971. Tenía veinte años. Saqué *El coronel no tiene quien le escriba* de la biblioteca de mi prima Patricia en la ciudad de Guatemala y lo leí de una sentada. Fue el primer libro que leía de principio a fin en español. Aquello, para mí, era todo un logro, porque aunque había nacido en Guatemala, mis padres emigraron a Estados Unidos (Hialeah, Florida) cuando tenía cuatro años. Cuando tenía ocho, apenas recordaba un centenar de palabras españolas. Abandonar Guatemala me había dejado huérfano del idioma de mi infancia, que abandonó mi mente como la húmeda niebla matinal de Hialeah; se convirtió en el idioma de mis recuerdos, cada vez más polvorientos y cubiertos de telarañas.

García Márquez cambió eso. Desde la primera página, adoré *El coronel* por su humor sutil, su idioma austero y sobrio, la sensación de absurdidad cómica: "Los gallos se gastan si los miras demasiado" y "Eres demasiado viejo para creer en un Mesías". Engullí las novelas posteriores de García Márquez, pero ésa destaca por haber sido la que más ayudó a forjar mi identidad como latinoamericano y escritor: "La lluvia es distinta desde esta ventana –dijo–. Como si estuviera lloviendo en otro pueblo."

Hasta entonces, yo había sido un gran admirador de las novelas de los años treinta de John Steinbeck (*A un dios desconocido*, *En lucha incierta*, *Las uvas de la ira*), grandes libros que estaban a la altura de García Márquez en amplitud y compasión, pero que eran lineales, pesadamente narrativos y sin sorpresas. García Márquez era el Samuel Beckett de Latinoamérica con su humor y su descripción de un mundo opresivo, pero si Beckett era minimalista, pesimista y duro, la obra de García Márquez era sencilla, solidaria con sus personajes y profundamente humana. Y sus libros encarnaban una conciencia política de izquierdas que me atraía enormemente. Finalmente había encontrado a un escritor al que podía adherirme.

En 1973 empecé el Programa de Escritura de la Universidad de Columbia concentrándome, al principio, en la poesía. Tenía veintidós años y deseaba ser un poeta de éxito, pero en Columbia con frecuencia tenía la sensación de estar escribiendo en la oscuridad. En apariencia, yo era otro poeta con bufanda de seda y aliento de whisky, arrogante y pretencioso. En mi interior, sin embargo, tenía miedo, era incluso inseguro. Los talleres de poesía eran máquinas de tortura, sobrevivía sólo gracias a una buena cantidad de engreimiento para matar el dolor. Me pasaba la mayor parte de los días leyendo poesía en español e inglés, pero fácilmente me sentía herido; la percepción de un rechazo, por ligero que fuera, me ponía de un terrible mal humor.

Frank MacShane, el director del programa, había traducido varias novelas del escritor místico chileno Miguel Serrano. A pesar de sus aires profesorales y de su falso acento británico (era de Pittsburg), Frank era modesto y generoso y –en la universidad a causa de una vocación como la escritura– conseguir que los mentores te prestaran atención era antes que nada un estímulo psicológico, pero también podía ayudar a determinar si ibas a ser publicado en forma de libro o no.

Frank me introdujo en la obra de los poetas chilenos Enrique Lihn y Nicanor Parra y me alentó a escribirles pidiéndoles permiso para traducirles. Lo que había leído de su obra me gustaba. Pero me doblaban la edad. Si les escribía, ¿por qué iban a molestarse siquiera en responderme?

De modo que no lo hice. Pero de todos modos empecé a traducir sus poemas sin permiso. La primera traducción que publiqué fue "El último brindis" de Parra, que me compró *The Massachusetts Review* por quince dólares y publicó en la contraportada. Había encontrado un oficio: era traductor. Publicar traducciones, sentía, establecía mi credibilidad como escritor: si no podía ser un poeta de éxito, la traducción me bastaría. Hasta mis padres estaban orgullosos.

*

Tras conseguir la graduación, recibí una llamada de MacShane. Había invitado a alguien llamado Gabo a Columbia.

–¿Me harías el favor de acompañarle en su visita a Nueva York durante los tres próximos días?

–Por supuesto. ¿Es ese Gabo un amigo tuyo?

–David, estoy hablando de García Márquez.

–¿Gabriel García Márquez? –sabía que Gabo era su apodo, pero no estaba seguro de que MacShane se refiriera a él; había mencionado su nombre con total indiferencia.

–Sí.

–¿García Márquez *El-coronel-no-tiene-quien-le-escriba-Cien-años-de-soledad-El-otoño-del-pa-triarca?*

–Eso es –dijo Frank con un tono inexpresivo–. ¿Le sacarás de paseo?

–Sí. ¡Sí! –grité al teléfono, y colgué.

*

Tenía que reunirme con Gabo en el Plaza y llevarlo en taxi a Columbia. Por aquel entonces, el Plaza era probablemente el hotel más famoso de Manhattan; F. Scott y Zelda Fitzgerald y los Beatles se habían hospedado allí. Solomon Guggenheim había vivido allí en los años cincuenta. Había perdido buena parte de su esplendor en los setenta, pero seguía pareciendo una elección impropia para Gabo, demasiado elegante y pretencioso para alguien con unos inicios tan modestos. Había leído suficientes entrevistas con él para saber que Aracataca, el lugar en que nació, era una aldea pobre y remota que había sido fielmente ficcionalizada como el Macondo de sus novelas y cuentos. Y que más tarde, cuando se casó, se sostuvo a sí mismo y a su familia gracias al periodismo. Supongo que creía que se sentiría más en casa en el Chelsea o el Washington Square Hotel en el Village.

Llamé a su habitación. Dijo que bajaba en seguida. Me coloqué en un lugar desde el que pudiera ver todas las puertas de los ascensores al mismo tiempo. Nunca le había visto, pero supuse que destacaría; quizá no tanto como Carlos Fuentes y sus trajes de Fleet Street, pero sí con algún rasgo distintivo. Me quedé decepcionado cuando vi a un hombre bajo con una sonrisa avergonzada y brillantes y moteados rizos negros en la cabeza. Llevaba un jersey blanco y pantalones sport oscuros, y tenía cerca de cincuenta años, la edad exacta para ser mi padre. Sin embargo, parecía terriblemente anodino, como un vendedor de electrodomésticos o un pescador de vacaciones.

Nos dimos la mano.

A juzgar por su mirada, diría que yo, con mi camisa blanca y mi americana azul marino, también le decepcioné. Quizá me había excedido en mi intento de ser respetuoso, pero la verdad es que probablemente no le importara quién era yo o que estuviera distraído con otra cosa. En resumen, me saludó con tal indiferencia que me di cuenta de que detestaba que le obligaran a charlar ociosamente con un patoso chico de veinticinco años en el que no tenía ningún interés. Con todo, yo había decidido que no sería solamente su acompañante, sino también, quizá, su amigo.

Cogimos un taxi hacia Columbia. Hacía sol y frío; la luz de otoño era cegadora y limpia. Fue entonces cuando descubrí que Gabo no era un gran conversador. Se limitó a mirar por la ventanilla del taxi mientras cruzábamos Central Park, dirigiéndonos hacia la parte alta de la ciudad. No hubo ninguna sonrisa, ninguna calidez en sus ojos cuando le dije que pagaba unos respetables 160 dólares de alquiler.

En Columbia, Gabo se reunió con un buen número de estudiantes latinoamericanos, todos hombres, que habían asistido a un taller con Mario Vargas Llosa el semestre anterior. En el grupo esta-

ban dos poetas cubanos, José Kozer y Rafael Catala;
un poeta y novelista peruano, Isaac Goldemberg; y
Orlando Hernández, un poeta y traductor puertorri-
queño. Todos estábamos en los inicios de nuestra
carrera como escritores. En una especie de salón
literario, Gabo recorrió la sala haciendo a los distintos estudiantes la misma pregunta: ¿De dónde
eres? ¿Cómo has llegado hasta aquí? ¿Qué escribes?
Y comentaba las respuestas, casi del mismo modo
en que lo hace un viejo médico al oír la descripción
de los síntomas. Yo estaba sentado orgullosamente
al lado de Gabo. Estaba claro que yo había sido su
escolta, pero los otros escritores no me prestaban
una atención especial. Éramos todos tímidos y estábamos atemorizados, de modo que a duras penas
podíamos ser nosotros mismos.

El día siguiente me llamó MacShane: Gabo había invitado a cenar a todo el taller al apartamento
de Felicia Montealegre. Felicia, una actriz chilena,
era una amiga cercana de Gabo y la esposa de Leonard Bernstein. Yo tenía que llamar a todo el mundo
y decirles que fueran al Dakota, el edificio de piedra
caliza color rojizo con aguilones que había sido el
escenario de la película de Cassavettes *Rosemary's
Baby*, de la novela romántica de Jack Finney *Time
and Again* y el hogar –desde 1973– de Yoko Ono y
John Lennon. La mayor parte de los estudiantes de
escritura vivían a salto de mata, eran inmigrantes
que pese a cualquier pedigrí pasado, eran invisibles
en ese hostil mundo anglosajón. Su perceptible excitación e incluso aprensión –¿cómo vestir y cómo
comportarse?– intensificó las mías.

Cuando llegamos, fuimos recibidos por nuestra elegante anfitriona, enfundada en un vestido de gasa amarillo. Bernstein "pasaba la noche fuera". Las paredes del apartamento estaban cubiertos de papel de seda verde. Y una escultura de una mujer de cartón de ocho pies de altura, regalo de algún amigo pintor pop, mantenía la guardia en el otro extremo del recibidor. Había una naturaleza muerta en la pared; pequeña, pero sin duda un Matisse.

Después me di cuenta de algo inquietante: se habían preparado dos mesas: Felicia, su hija de veintitrés años, Jamie, Gabo y unos pocos amigos (incluida una mujer que llevaba una pluma de avestruz arqueada en el sombrero) estarían en el comedor. Nosotros, los jóvenes escritores, estaríamos en una mesa plegable fuera del comedor, en un extremo del recibidor, cerca de la puerta del apartamento.

Éramos invitados, parecía, pero apenas. Sentí una terrible decepción y pensé en quejarme. Había sido el lazarillo y el compañero de Gabo; me merecía estar en esa mesa. Pero por encima de eso me sentía traicionado. Creía que Gabo era igualitario y democrático, esas eran las características que veía en su obra, las cuales yo tenía en alta estima. Pero ahí estábamos los jóvenes escritores, sentados junto a la puerta. ¿Por qué se había molestado en invitarnos?

Durante la cena, me sentí raramente segregado. Los sirvientes apenas nos miraban mientras nos servían pollo marengo, patatas con perejil y judías verdes con mantequilla, todo cocinado por el chef de la casa. Gabo, nuestro sucedáneo de anfitrión, vino a la mesa dos o tres veces y palmeó la espalda de uno u otro estudiante, después regresaba a su mesa. Nosotros charlamos ociosamente en español; uno de nosotros comentó la comida. Otro respondió que no, no era mala. Nos deteníamos a media frase y tratábamos de recoger alguna migaja de sabiduría de la mesa principal, cualquier cosa que hiciera que la cena mereciera la pena. Como indios descalzos en el refulgente palacio de la elite, oíamos cómo los tenedores y los cuchillos chocaban la porcelana, risas, tranquilas conversaciones... en la habitación de al lado. Una pregunta tácita se advertía en todas las caras. "¿Qué se supone que tenemos que hacer?"

Pronto obtuvimos la respuesta.

A las once en punto, Jamie Bernstein abandonó la cena y subió a la cúpula del Dakota, donde tenía su estudio. Era la señal de que debíamos marcharnos.

El día siguiente me reuní con Gabo en su hotel. Nos habíamos acostumbrado el uno al otro rápidamente, como zapatos de diferentes pares en la misma caja; el silencio entre nosotros se había vuelto familiar. Le acompañé a dos actos: una improvisada reunión para estudiantes de literatura en español del Hunter College y después una fiesta con queso y vino en la Librería Macondo de la calle 14, que debía su nombre a la aldea de ficción de *Cien años de soledad*. Habló del proceso creativo y contó en los dos actos la misma anécdota que había contado en Columbia antes, sobre cómo obtenía ideas argumentales de acontecimientos cotidianos o sueños. Algún día quería escribir sobre dos hermanos que son castigados por sus padres y encerrados en su dormitorio, dijo. La historia giraría alrededor de un comentario hecho por un electricista que había reparado un cortocircuito en la casa de Gabo en Barcelona: "La luz es como el agua –había dicho–. Abres una espita y mana y queda registrada en un contador."

La historia transcurriría una tarde que sería aburrida hasta que el agua empezara a manar repentinamente de una lámpara de techo e inundara la sala. Los niños se subirían a un bote de plástico e intentarían salir remando por la ventana. Aquello era una anécdota, dijo, acerca de cómo un escritor puede usar su imaginación para "estirar" la realidad. Pero la historia, para Gabo, todavía tenía que ser escrita. Por el momento, sólo existía en forma de boceto –historia número siete; niños ahogados por la luz–, una metáfora de los niños que no consiguen escapar del mundo enclaustrado de los adultos.

La tercera vez que contó la anécdota me miró de soslayo y su boca se tensó. Yo sonreí como para decirle que su repetición sería un secreto. Al menos tendríamos en común esa complicidad. Pero entonces mis ilusiones de amistad y camaradería se estaban desvaneciendo; no me despedí de Gabo en la librería ni le acompañé de vuelta al Plaza. Me fui. No volví a verle. Él regresó a México el día siguiente. Y yo estaba seguro de que no me recordaría.

Pero el abril siguiente recibí otra llamada de Frank MacShane. Esta vez quería que escribiera una carta al *New York Times* de parte de Gabo. Frank estaba demasiado ocupado en su biografía de Raymond Chandler, y como Gabo y yo "nos habíamos llevado tan bien", yo era el autor ideal. Gabo no se sentía muy seguro con su inglés; él, por medio de MacShane, me pasaría los datos. ¿Escribiría yo esa carta? Antes de que pudiera entusiasmarme, me di cuenta de que aquello no era más que un recado. Gabo necesitaba que alguien hiciera algo y Frank me lo había encargado a mí. Pero también me sentí halagado. Estaba confiando sus opiniones a mis palabras. Aunque nunca habíamos conectado al conocernos en persona, ahí podría desquitarme. No tardé en aceptar.

En 1976, Sudamérica estaba bajo el feroz control de dictadores de derecha: Stroessner en Paraguay, Ernesto Geisel en Brasil, Pinochet en Chile, Juan María Bordaberry en Uruguay y Hugo Banzer en Bolivia. Con el reciente golpe militar de Jorge Videla en Argentina, no había ningún país seguro para los 10.000 refugiados políticos que habían huido allí de las dictaduras de sus países. Sólo quedaban cuatro democracias en Latinoamérica –Colombia, Venezuela, México y Costa Rica– y Gabo quería que Argentina asegurara a esos exiliados un paso seguro a ellas. No era un taller con aspirantes a novelistas y poetas, era un asunto de vida o muerte, y me sentí orgulloso mientras me sumergía en los detalles de la carta que me habían pedido que escribiera.

Después de una serie de llamadas entre Gabo y MacShane y éste y yo, la carta quedó escrita, firmada por mí en nombre de García Márquez y mandada al *New York Times*. El periódico verificó la carta con Gabo por teléfono, en México, y fue publicada el 10 de mayo. Ver la carta impresa me entusiasmó tanto como ver mi primera traducción. MacShane me llamó algunos días más tarde para decirme que Gabo estaba agradecido conmigo.

*

La siguiente vez que vi a Gabo, 28 años después, yo ya no era ningún joven. Fue durante la Feria Internacional del Libro de Guadalajara, a la que Gabo y Carlos Fuentes habían acudido para festejar a su amigo Juan Goytisolo, el novelista español que acababa de ganar los 100.000 dólares del premio de literatura latinoamericana y caribeña Juan Rulfo. Corría el rumor de que Gabo había pasado las dos noches anteriores en el Casino Veracruz, un atrevido club del centro de Guadalajara donde la música, el baile, la bebida y los toqueteos duraron hasta las cuatro de la madrugada. En ambas noches, Gabo había sido de los últimos en marcharse. Aquello no encajaba demasiado con el hombre distante y sin pretensiones que yo había paseado por Nueva York. Ahora tenía 77 años –la misma edad que tenía mi padre cuando Gabo y yo nos conocimos– y estaba recuperándose de un linfoma con el que había peleado durante cuatro años.

Ese lunes, Gabo llegó solo a una comida celebrada en honor de José Saramago, el portugués ganador del premio Nobel. No le acompañaba su mujer ni ningún cortejo. Desde el cáncer, la piel de su cara, en el pasado tensa, se le había caído un poco. Se movía tentativamente con su jersey de lana abotonado. La juerga de la noche anterior debía haberle dejado cansado, al igual que la excitación, sin duda, provocada por la publicación de su primera novela en diez años, *Memorias de mis putas tristes*.

Yo sabía que no me recordaría pero me encaminé hacia él. Él me miró, confundido, como si espiara a un fantasma ligeramente familiar. Cuando le "proporcioné un contexto", como decía Allen Ginsberg, mencionándole a Frank MacShane, una mirada de reconocimiento brilló en sus ojos.

—Hace más de veinte años que no he visto a Frank. ¿Cómo está? —me preguntó Gabo con el rostro iluminado y relajado, más de lo que lo había visto jamás.

—¿No supiste?

—¿No supe qué?, preguntó Gabo.

—Tenía alzheimer. Murió en el asilo hace unos cinco años. —Antes de que las palabras salieran de mi boca, sentí el brazo izquierdo de Gabo a mi alrededor. Me acercó de un tirón y me dio el abrazo más fraternal que jamás me hayan dado.

No me soltaba.

—No lo sabía —susurró—. Frank era joven, ¿verdad?

Estoy seguro de que estaba viendo la cara del hombre que había visto por última vez en 1976. MacShane había nacido en 1927, el mismo año que Gabo. No dije nada.

En el salón entraron docenas de personas y Gabo y yo seguimos hablando un par de minutos más. Se mostró atento cuando yo hablé. Me preguntó qué hacía. Le hablé de mis traducciones. Incluso mencioné que esa misma noche iba a presentar *Vivir en el maldito trópico*, la traducción de mi primera novela, *Life in the Damn Tropics*. Sonrió

cuando oyó el título y el pensamiento cruzó estúpi-
damente mi mente: quizá debido a nuestra vieja
relación apareciera en mi presentación. Es raro,
de veras. Habían pasado tantos años y todavía
tenía la esperanza de que teníamos algo material
en común.

Finalmente, José Saramago y Carlos Fuentes
entraron y alguien vino para acompañar a Gabo a
la mesa de honor. Me dedicó una última sonrisa y
desapareció.

Traducido por Ramón González Férriz.

ÍNDICE

Ni chicha, ni limonada (Cuentos). *David Unger.* Se terminó de imprimir en noviembre de 2009, año del décimo aniversario de la publicación de *Guatemala, memoria del silencio,* informe de la Comisión para el Esclarecimiento Histórico de las Violaciones a los Derechos Humanos y los Hechos de Violencia que han Causado Sufrimientos a la Población Guatemalteca. F&G Editores, 31 avenida "C" 5-54 zona 7, Colonia Centro América, 01007. Guatemala, Guatemala, C.A. Telefax: (502) 2439 8358 Tel.: (502) 5406 0909 informacion@fygeditores.com – www.fygeditores.com